हिन्द पॉकेट बुक्स

इन्दुमती

सेठ गोविन्ददास भारत के स्वतंत्रता संग्राम सेनानी, सांसद तथा हिन्दी के साहित्यकार थे। उन्हें साहित्य एवं शिक्षा के क्षेत्र में सन 1961 में पद्म भूषण से सम्मानित किया गया था। भारत की राजभाषा के रूप में हिन्दी के वे प्रबल समर्थक थे। सेठ गोविन्ददास हिन्दी के अनन्य साधक, भारतीय संस्कृति में अटल विश्वास रखने वाले, कला-मर्मज्ञ एवं विपुल मात्रा में साहित्य-रचना करने वाले, हिन्दी के उत्कृष्ट नाट्यकार ही नहीं थे, अपितु सार्वजनिक जीवन में अत्यन्त स्वच्छ, नीति-व्यवहार में सुलझे हुए, सेवाभावी राजनीतिज्ञ भी थे।

इन्दुमती

सेठ गोविन्ददास

हिन्द पॉकेट बुक्स
पेंगुइन रैंडम हाउस इम्प्रिंट

हिन्द पॉकेट बुक्स

यूएसए। कनाडा। यूके। आयरलैंड। ऑस्ट्रेलिया। सिंगापुर
न्यू ज़ीलैंड। भारत। दक्षिण अफ़्रीका। चीन

हिन्द पॉकेट बुक्स, पेंगुइन रैंडम हाउस ग्रुप ऑफ़ कम्पनीज़ का हिस्सा है,
जिसका पता global.penguinrandomhouse.com पर मिलेगा

पेंगुइन रैंडम हाउस इंडिया प्रा. लि.,
चौथी मंजिल, कैपिटल टावर -1, एम जी रोड,
गुड़गांव 122 002, हरियाणा, भारत

पेंगुइन
रैंडम हाउस
इंडिया

प्रथम हिन्दी संस्करण हिन्द पॉकेट बुक्स द्वारा 1960 में प्रकाशित
यह हिन्दी संस्करण हिन्द पॉकेट बुक्स में पेंगुइन रैंडम हाउस द्वारा 2022 में प्रकाशित

10 9 8 7 6 5 4 3 2

ISBN 9789353493882

मुद्रकः रेप्रो इंडिया लिमिटेड

www.penguin.co.in

FSC www.fsc.org MIX Paper from responsible sources FSC® C047271

This is a legitimate digitally printed version of the book and therefore might not
have certain extra finishing on the cover.

इन्दुमती

"विश्व में निज का व्यक्तित्व ही सब कुछ है। जो अपने को ही केन्द्र मान, सब कुछ अपने लिए करता है, संसार की समस्त वस्तुओं को अपने आनन्द के लिए साधन मानता है, उसीका जीवन सुखी और सफल होता है।"

बातचीत चल रही थी सन् 1916 में लखनऊ के प्रसिद्ध एक कायस्थ वकील अवधबिहारीलाल और उनकी पत्नी सुलक्षणा के बीच, उन्हींके मकान के बैठकखाने में। वार्तालाप के एक खास स्थल पर वकील साहब ने उक्त वाक्य कहा था। सुलक्षणा ने उसे बड़ ध्यान से सुना। कुछ देर वे चुपचाप सोचती रहीं और फिर पति से बोलीं—"नारी विश्व में निज का व्यक्तित्व ही सब कुछ नहीं मान सकती। संसार की समस्त वस्तुओं को अपने आनन्द के लिए साधन मानने से उसका जीवन सुखी और सफल नहीं हो सकता।"

"क्योंकि पुरुष ने स्त्री को अपना गुलाम बना लिया है, गुलाम !"

सुलक्षणा थोड़ा-सा सिर उठाकर बोलीं—"गुलाम !"

"हां, गुलाम ! और जानती हो इस गुलामी का कारण ?"

"क्या ?"

"औरत की आर्थिक पराधीनता। विवाह है इस आर्थिक पराधीनता का फल।"

सुलक्षणा कुछ गम्भीर होकर बोलीं—"यद्यपि इस विषय पर आप कई बार चर्चा कर चुके हैं, पर आज आपने जितनी साफ बातें कहीं उतनी इसके पहले कभी नहीं कही थीं। आपके इस स्पष्ट कथन पर भी मैं अपनी

पुरानी राय पर ही कायम हूं। अपने जीवन के अनुभवों के आधार पर मैं कह सकती हूं कि कम से कम नारी निज का व्यक्तित्व ही सब कुछ नहीं मान सकती।"

कुछ रुककर सुलक्षणा धीरे-धीरे कह चलीं—"मेरी अभी भी यही राय है कि इस संसार में निरन्तर सुख पाने की अभिलाषा ही भूल है। पहले मनुष्य संसार-सागर को तरने की बात सोचते थे और अब सोचते हैं संसार में आनन्द पाने की। दुनिया में सुख तथा दुःख दोनों ही हैं। संसार-सागर को तरने वाले भी दोनों पाते थे, पर वहां उद्देश्य रहता था त्राण पाने का। इसलिए दुःख उन्हें इतना क्लेश न पहुंचाते थे। सुख पाने का उद्देश्य होते ही दुःखों का अधिक दुःखदायी होना स्वाभाविक है और सुख पाना जीवन का उद्देश्य होते ही इन सुखों के काल्पनिक रूप विशालकाय हो जाते हैं। सुख मिलने पर भी इन सुखों का प्रत्यक्ष रूप काल्पनिक रूपों से कहीं छोटा हो जाता है। इसलिए सुखों की प्राप्ति भी निराशा की उत्पत्ति करती है। फिर खासकर नारी का विकास तो पत्नीत्व और मातृत्व में है।"

"समाज की इस समय की हालत में मैं इन्दु के विवाह के भी खिलाफ नहीं, पर अगर उसका विवाह ही होना है तो ऐसे व्यक्ति से हो जो उसका गुलाम रहे, न कि वह उस व्यक्ति की।" वकील साहब ने कहा।

"चाहे तुम उसके विवाह के खिलाफ न हो, पर तुम्हारे उपदेशों के कारण वह अपने विवाह के खिलाफ हो गई है।"

"इसमें मैं हानि नहीं समझता। शादी कर खाविन्द की गुलाम होने से कुमारी रहना कहीं अच्छा।"

2

सन्ध्या का समय था। इन्दुमती अपनी कुछ सहेलियों के साथ अपने पिता के बाग के एक दूब के मैदान में बैठी हुई अपनी सहेलियों से बातें

कर रही थी।

इन्दुमती की अवस्था लगभग सोलह वर्ष की थी, परन्तु वह अवस्था से कुछ अधिक की जान पड़ती थी। उसका वर्ण था बरफ के सदृश निमेल और स्वच्छ तथा सारे अंग प्रस्फुटित एवं ढले हुए से। शेष युवतियों में कोई उससे कुछ कम और कोई कुछ अधिक उम्र की थी, कोई सुन्दर थी और कोई साधारण। पर इन्दुमती सबका सौंदर्य अस्त-सा कर रही थी। फिर जो जीवन इन्दुमती में था वह तो अन्य किसीके पास फटका तक नहीं था।

"हां, हां, मैं फिर कहती हूं, गोमती, तुझे...तुझे यह विवाह कभी नहीं करना चाहिए।" इन्दुमती ने अपने निकट बैठी हुई एक युवती से कहा—"विवाह... यह विवाह है बेचारी भोली-भाली स्त्रियों को फंसाने के लिए पुरुषों का जाल ! मैं तो विवाह ही करने वाली नहीं हूं।"

"पर आपके बाबूजी आपको अविवाहित रहने देंगे?" एक दूसरी युवती ने पूछा।

"मेरे बाबूजी ? वे...वे पुराने दकियानूसी खयालात के नहीं।"

गोमती ने कुछ ताने से कहा—"पर चाचीजी की राय तो मैं जानती हूं।"

इन्दुमती ने इस बार चाबुक-सा चलाया—"बाबूजी के सामने उनकी क्या चल सकती है ?"

3

मैट्रिक पास कर, जुलाई में जब इन्दुमती ने कैनिंग कॉलेज में प्रवेश किया तब उसे जान पड़ा कि वह एक नई दुनिया में आ गई है। लड़के-लड़कियों की साथ-साथ पढ़ाई उसने पहली बार देखी थी। बचपन में उसने घर में ही पढ़ा था और पांचवीं अंग्रेज़ी से लड़कियों के हाईस्कूल में।

इन्दुमती बड़े घर की लड़की थी, असाधारण रूप से सुन्दर और प्रखर बुद्धि वाली, अत: स्कूल में आते ही उसका अपनी कक्षा पर ही नहीं, किन्तु अपने से ऊपर की कक्षाओं पर भी असर पड़ा। बहुत जल्दी सारे स्कूल की लड़कियों का नेतृत्व उसके हाथ में आ गया। फिर उसके स्वभाव में स्नेह और उद्दण्डता का एक विचित्र मिश्रण था। शायद स्नेह उसका स्वाभाविक गुण था और उद्दण्डता आई थी पिता के उपदेशों के कारण। 'विश्व में निज का व्यक्तित्व ही सब कुछ है; जो अपने को ही केन्द्र मान सब कुछ अपने लिए करता है, संसार की समस्त वस्तुओं को अपने आनन्द के लिए साधन मानता है, उसीका जीवन सुखी और सफल होता है।'—बार-बार पिता के इस उपदेश ने उसपर कम असर नहीं डाला था। वह अपने व्यक्तित्व को ही सब कुछ समझती थी, अपने को ही केन्द्र मान सब कुछ अपने लिए ही करती थी और संसार की समस्त वस्तुओं को अपने आनन्द के लिए साधन मानती थी। इस उपदेश के व्यवहार में आने से उसके स्वभाव में एक तरह की उद्दण्डता आ गई थी। इसी कारण उसे उसी संभाषण, उसी कृति में दिलचस्पी रहती, जिसका केन्द्र वह स्वयं रहती। फिर उसका स्वभाव ही उद्दण्ड हो गया हो, यह नहीं, उसकी बाह्य चेष्टाओं और व्यवहार में भी इस उद्दण्डता की साफ झलक थी। उसकी चाल में एक तरह की अकड़ थी।

लेकिन स्कूल में उसका काम पड़ा था अपने ही वर्ग से। कॉलेज की दूसरी बात थी। यहां थी लड़के-लड़कियों की साथ-साथ पढ़ाई। फिर लड़कियों की संख्या बहुत कम और पढ़ाने वाले प्रोफेसर सब पुरुष। पर इस नई दुनिया में भी वह सकुची नहीं।

कॉलेज के लड़के पहले तो उसके रूप से आकर्षित हुए, लेकिन उसके व्यवहार, बोलचाल—सबमें रोब-दाब देखकर एकाएक ही उससे खिंच-से गए। कॉलेज के लड़के और किसी सहपाठी का रोब—वह भी एक लड़की का ! फौरन ही उसका मज़ाक उड़ना शुरू हुआ। उसका नाम

रखा गया 'श्रू'।

कैनिंग कॉलेज के द्वितीय वर्ष में त्रिलोकीनाथ नामक एक लड़का पढ़ता था। यह सारे कॉलेज में 'मिस्टर प्योरिटन' के नाम से प्रसिद्ध था। अवस्था लगभग उन्नीस वर्ष, रंग गेहुंआ, कद साधारण, देखने में न बुरा, न अच्छा। त्रिलोकीनाथ असाधारण रूप से निर्धन और असाधारण रूप से बुद्धिमान था।

'मिस्टर प्योरिटन' और 'मिस श्रू' का कुछ विचित्र-सा सम्बन्ध जुड़ गया। दोनों का स्वभाव तथा आचरण एक-दूसरे के ठीक विरुद्ध थे—एक में जितनी अकड़, दूसरे में उतनी ही विनम्रतां। एक संसार की समस्त वस्तुओं को अपने आनन्द के लिए साधन मानती, दूसरा संसार की हर वस्तु के आनन्द के लिए अपने को साधन। एक धनवान, वैभवमय जीवन बिताने वाली, दूसरा निर्धन, सीधा-सादा किसी तरह अपना निर्वाह करने वाला। और इतने पर भी कॉलेज में दोनों का सबसे अधिक सम्पर्क! कभी-कभी एक-दूसरे से एकदम विरोधी दो भावनाओं वाले हृदयों में इसी प्रकार का सम्बन्ध हो जाता है। इनके सम्बन्ध में प्रेम के किस स्वरूप का कितना अंश था, यद्यपि यह कहना कठिन था, तथापि कॉलेज के विद्यार्थियों ने तो उसे प्रणय-सम्बन्ध ही माना और त्रिलोकीनाथ का नाम 'प्योरिटन' से बदलकर एकदम हो गया 'टेमर ऑफ दि श्रू'।

4

रक्षाबन्धन की सन्ध्या को इन्दुमती ने अपने मित्र, सहपाठी और सहपाठिनियों को अपने उद्यान में एक छोटी-सी पार्टी दी।

खाना-पीना चलते हुए काफी देर हो गई थी। कई लोगों ने पान खा, सिगार और सिगरेट भी जला लिए थे। अतः अब झूला झूलना शुरू हुआ। यह तब तक चलता रहा जब तक आकाश में पूर्ण चन्द्र का उदय न हो गया।

इन्दु को देख इन्दुमती बंगले में चली गई। सब लोग कुछ आश्चर्य से देखने लगे, पर उन्होंने देखा कि शीघ्र ही कई सुन्दर राखियां लिए हुए इन्दुमती वापस आ रही है।

इन्दुमती ने लौटकर कहा—"आज रक्षाबन्धन है न ? मेरे खुद के तो भाई नहीं हैं, पर आप सब जो मौजूद हैं !"

पहले वह त्रिलोकीनाथ को राखी बांधने उसकी ओर बढ़ी, पर उसने देखा कि त्रिलोकीनाथ ने हाथ आगे बढ़ाने के स्थान पर कुछ झिझककर पीछे समेट लिया है।

कुछ आश्चर्य से इन्दुमती ने पूछा—"आप मुझसे राखी न बंधवाएंगे ?"

लड़खड़ाती हुई ज़बान से त्रिलोकीनाथ ने उत्तर दिया—"यह बड़ी भारी ज़िम्मेदारी है, और मैं...मैं...'' वह पूरी बात कह भी न सका।

उसकी इस झिझक ने इस सारे समुदाय पर एक विचित्र-सा प्रभाव डाला और जिस-जिसकी ओर इन्दुमती बढ़ी, उस-उसने वही बहाना लेकर उससे राखी न बंधवाई। पर एक लड़का, जिसकी तरफ इन्दुमती नहीं गई थी, स्वयं आगे आया। उसने अपने पतलून की जेब से अपना दाहिना हाथ इस प्रकार बाहर निकाला, जैसे कुएं में गिरा हुआ बर्तन कांटे से बाहर निकल आता है। इस निकले हुए हाथ को इन्दुमती की तरफ बढ़ाते हुए वह बोला—"मैं इस ज़िम्मेदारी को उठाने के लिए तैयार हूं ; बहनजी, आप मुझे राखी बांध दें !"

इन्दुमती ने उसकी ओर देखकर यह कहते हुए, "अच्छा, वज़ीरअली साहब !" उसे राखी बांध दी।

रात्रि का एक प्रहर बीत चुका था। इन्दुमती पार्टी से लौटकर अपने कमरे में पलंग पर लेटी हुई थी। उद्यान से लौटने के पश्चात् आज वह बेचैन-सी थी। आज बार-बार उसका हृदय अपने ही जीवन के सिंहावलोकन के पीछे पड़ा था, जैसा उसने इसके पहले कभी न किया था।

कॉलेज में जाने के पहले उसका जीवन ठीक पिता के उपदेशों के अनुसार चला, पर आज उसे एकाएक महसूस हुआ कि कॉलेज जाने के बाद से उसके जीवन की पटरी में विस्फोट हुआ है, और जब उसने इस विस्फोट के पता लगाने का प्रयत्न किया, तब उसे त्रिलोकीनाथ याद आए बिना न रहा। त्रिलोकीनाथ के प्रति अपनी घनिष्ठता को वह जानती न हो, यह नहीं, इस सम्बन्ध के विषय में जो चर्चाएं तथा आलोचनाएं कॉलेज में शुरू हुई थीं उनके कारण भी उसका ध्यान इस तरफ आकृष्ट हुआ था, लेकिन इस सम्बन्ध ने एक दिशा में ठीक तरह से चलते हुए उसके जीवन में गुप्त रूप से, बिना उसके जाने, कोई परिवर्तन कर दिया है, इसका उसे आज से पहले कभी अनुभव न हुआ था। आज यह अनुभव हुआ तब से, जब से त्रिलोकीनाथ ने उससे राखी बंधवाना अस्वीकार कर दिया।

पहले-पहल जब उसने त्रिलोकीनाथ को देखा तब उसमें उसे कोई विशेषता न दीखी थी। दीखती कैसे, जब होती तब तो दीखती ! सभी बातों में उससे बैजनाथ इन्दुमती को कहीं अच्छा जान पड़ा। अलोपीप्रसाद बैजनाथ से भी अच्छा और अलोपीप्रसाद से हज़ारहों दरजे मदनमोहन। फिर उसका त्रिलोकीनाथ के प्रति इतना आकर्षण क्यों हुआ ? उसकी बुद्धिमत्ता की वजह से ? पर उसकी बुद्धिमत्ता याद आते ही इन्दुमती को अपनी बुद्धि का गर्व हो आया। अपनी बुद्धि के सामने वह किसीको बुद्धिमान मानने को तैयार नहीं थी। तब त्रिलोकीनाथ में कौन-सा वह चुम्बक है, जिसने उसे खींचा ?

इन दिनों अपने प्रति त्रिलोकीनाथ के क्या भाव हैं, यह जानने के लिए वह कभी-कभी बेचैन भी हो उठती थी, इसीलिए उसने राखी का यह प्रपंच रचा था। उसने अपनी बुद्धि को बार-बार सराहा कि उसे अपने प्रयत्न में सफलता भी मिल गई, परन्तु त्रिलोकीनाथ की भावनाओं का ठीक पता लग जाने पर भी क्या उसे चैन पड़ा ?

अब वह पलंग पर लेटी न रह सकी और एकदम से उठ पलंग पर से कूद इधर-उधर टहलने लगी।

उसने एक खिड़की खोली। बिजली चमक रही थी, रिमझिम पानी भी बरसने लगा था। ज़ोर की हवा चल रही थी। अतः खिड़की खुलते ही कमरे की सब चीज़ें हिल उठीं। उसने तत्काल खिड़की बन्द कर दी। इस विश्व में भी सदा ही तूफान चला करता है, हृदयरूपी कक्ष के द्वार खोल देने पर वहां भी कोई चीज़ स्थिर नहीं रह सकती। उसने फिर से पिता के उपदेश का स्मरण किया। किसी बीहड़ रास्ते पर चलने के लिए उसने अनजाने कदम उठा लिया था। नहीं, नहीं, वह फिर अपने पुराने रास्ते पर ही चलेगी। संसार की समस्त वस्तुएं उसके आनन्द के लिए साधन हैं, उसे किसीके भावों से क्या प्रयोजन ? और यह सोचते-सोचते अब उसे अपने हृदय में न जाने क्यों एक ऐसा सूनापन अनुभव हुआ, जैसे सूनेपन का अनुभव उसने अपने जीवन में इसके पहले कभी न किया था।

इस समय उसके कमरे की स्तब्धता उसके मानसिक सूनेपन को और अधिक बढ़ाने लगी। एकाएक इस स्तब्धता को भंग करने के लिए उसने अपनी चाबियों के गुच्छे को बजाया। उसे ऐसा जान पड़ा जैसे नगारे या भेरी का शब्द हुआ हो और एकाएक उसके मन में उठा—संसार की समस्त समस्याएं एक प्रकार के ताले ही तो हैं, उनके खोलने के लिए कोई न कोई कुंजी भी रहती ही है। पर शायद उसके पिता का उपदेश ऐसी कुंजी है, जिससे सारे ताले खुल जाते हैं। और यह सोचते-सोचते वह उसी उपदेश को रटने लगी।

इन्दुमती त्रिलोकीनाथ से खिंची-खिंची-सी रहने लगी। पर त्रिलोकीनाथ के व्यवहार में कोई फर्क इन्दुमती को न दीखा। तब उसके मन में उठा कि क्या त्रिलोकीनाथ को फिर भी वह न समझ सकी ?

एक इतवार को वह दोपहर के वक्त मोटर पर घूमने निकली। ड्राइवर मोटर

को कॉलेज की ओर ही ले चला।

ड्राइवर ने पूछा—"किधर चलिएगा, कॉलेज या बोर्डिंग ?"

बिना सोचे-समझे उसके मुंह से निकल गया—"बोर्डिंग।"

मोटर बोर्डिंग-हाउस के सामने आकर खड़ी हो गई। जब मोटर खड़ी हुई तब इन्दुमती को मानो होश—सा आया। वह सोचने लगी—'मैं तो कहीं भी लम्बी दूर घूमकर घर लौटने वाली थी, यहां क्यों आ गई?' उसकी कुछ समझ न आया कि यह क्यों हुआ। वह मोटर से उतरी नहीं। कुछ देर रुककर जब वह ड्राइवर से कहने ही वाली थी कि मोटर घुमा ले, उसी समय उसे त्रिलोकीनाथ बोर्डिंग से बाहर निकलता हुआ दिखाई दिया। त्रिलोकीनाथ के हाथ में एक कैनवास का बैग था और दूसरे हाथ में हैण्डिल लगी हुई एक बांस की टोकनी। उसके वस्त्रों से जान पड़ता था कि वह कहीं जाने के लिए तैयार होकर निकला है।

त्रिलोकीनाथ का अभिवादन करते हुए इन्दुमती ने पूछा—"कहीं जा रहे हैं ?"

त्रिलोकीनाथ ने भी इन्दुमती के साथ ही साथ उसका अभिवादन किया था। विनम्र स्वर में त्रिलोकीनाथ ने उत्तर दिया—"जी हां, योंही एक गांव।"

मानो इन्दुमती को कोई भूली हुई बात याद आ गई हो—"अच्छा, अच्छा, भूल गई थी। छुट्टी के दिन तो आप अक्सर गांवों को जाया करते हैं और तभी मिलना हो सकता है, जब पहले से समय नियुक्त कर लिया जाए।"

"नहीं, नहीं, ऐसी कोई बात नहीं," जल्दी से त्रिलोकीनाथ ने कहा—"आज्ञा दीजिए, कोई ऐसा ज़रूरी काम नहीं है, आज नहीं जाऊंगा।"

कुछ रुककर विचारते हुए इन्दुमती बोली—"जिस गांव जा रहे हैं, वह बहुत दूर है ?"

"दस-ग्यारह मील।"

"सड़क पर ?"

"जी हां, बिलकुल लबे-सड़क।"

"तो कोई पोशीदा काम न हो तो चलिए मेरी मोटर पर ही।"

"पोशीदा काम तो ज़रा भी नहीं है, पर आपको कष्ट तो न होगा ?"

"ज़रा भी नहीं। मैं तो आज घूमने ही निकली थी, घूम आऊंगी और जीवन में पहले-पहल एक गांव भी देख आऊंगी।"

वर्षा बीत चुकी थी। शरद् का नया राज्य फैला था। आकाश निर्मल था और पृथ्वी भी पंक-रहित हो गई थी।

एक छोटे-से गांव में मोटर पहुंचते ही त्रिलोकीनाथ ने ड्राइवर से खड़े होने को कहा। गांव की बस्ती सड़क से कुछ हटकर, सड़क के दोनों तरफ बसी हुई थी। मोटर रुक गई। सड़क पर कई लड़के और एक ओर कुछ वयस्क देहाती बैठे हुए थे। मोटर के रुकते ही त्रिलोकीनाथ मोटर से उतर इस समुदाय की ओर बढ़ा। त्रिलोकीनाथ को देखते ही यह समुदाय उसकी ओर चल पड़ा, लड़के दौड़ते, उछलते, कूदते।

एक बूढ़े ने कहा—"अच्छा, आज डॉक्टर साहब मोटर पर आए हैं।"

त्रिलोकीनाथ डॉक्टर नहीं था, पर उसने एकाध बार देहातियों से कह दिया था कि वह डॉक्टरी पढ़ने वाला है। फिर वह देहात में दवाएं बहुत बांटता था, इसलिए देहाती उसे 'डॉक्टर साहब' कहते थे।

एक बालक कूदते हुए बोला—"और हमारी मिठाई नहीं लाए ?" दूसरे बालक ने नाचते हुए कहा—"और मेरे केले ?"

"सब लाया हूं, सब लाया हूं," कहते हुए त्रिलोकीनाथ मोटर की ओर लौटा।

लड़के और वयस्क भी उसके पीछे-पीछे हो लिए, पर मोटर पर एक अजनबी स्त्री को देख सब लोग कुछ दूर ही रुक गए। लड़कों की तो सारी उछल-कूद बन्द हो गई।"

त्रिलोकीनाथ ने हैण्डिल वाली टोकनी निकालते हुए इन्दुमती से कहा—“आप उतरेंगी नहीं, बैठी ही रहना चाहती हैं ?”

“नहीं, नहीं, ज़रूर उतरूंगी,’ यह कहते हुए इन्दुमती भी मोटर से उतर पड़ी।

दोनों समुदाय की ओर बढ़े। निकट पहुंचने पर त्रिलोकीनाथ ने कहा—“आज हमारे कॉलेज में पढ़ने वाली एक देवीजी भी आपका गांव देखने आई हैं।”

वयस्कों ने दोनों हाथों से इन्दुमती का अभिवादन किया, जिसका इन्दुमती ने उसी प्रकार उत्तर दिया। बालकों ने इन्दुमती को देखा तो, पर उनकी दृष्टि लगी हुई थी टोकने पर। इन्दुमती उनके लिए बाधक सिद्ध हुई, अन्यथा वे कब के अपनी मिठाई और केले त्रिलोकीनाथ से झूम-झूमकर ले लेते। बालकों का यह असमंजस त्रिलोकीनाथ से छिपा न रहा। उसने मुस्कराते हुए कहा—“आज तुम लोगों की मिठाई और केले तुम्हें देवीजी देंगी।”

इन्दुमती के सिर पर मानो वज्र-सा गिरा। उसका मुख तमतमा उठा। मन ही मन उसने कहा—’इन गन्दे बच्चों को मैं मिठाई और केले कैसे बांटूंगी ? कहीं इनसे छू गई तो ?’ पर वह इंकार न कर सकी। किसी प्रकार टोकनी त्रिलोकीनाथ के हाथ से लेकर उसने मिठाई और केले बालकों को बांट दिए; पर कैसे बच-बचकर बांटे, यह बांटने के ढंग से छिपा न रहा।

जब यह वितरण का कार्य समाप्त हो रहा था तब त्रिलोकीनाथ ने उसी वृद्ध से पूछा, जिसने उसे ‘डॉक्टर साहब’ कहा था—“हां, रामदीनजी की तबियत कैसी है ?”

“गए हफ्ते जब से आपने दवाई दी, धीरे-धीरे तबियत सुधरती जाती है।”

“मैं और दवा लाया हूं,” यह कहकर त्रिलोकीनाथ फिर मोटर की ओर लौटा और कैनवास का बैग लेकर समुदाय के पास आकर बोला—“चलो,

पहले उन्हींको देख।

एक अधेड़ देहाती ने आगे बढ़कर कहा—"आपने मेरा जो ताल्लुकेदार से फैसला करवा दिया था, उसने नहीं माना और बेदखली की कार्रवाई कर दी है।"

त्रिलोकीनाथ जो गांव के एक छोटे-से मकान की तरफ बढ़ रहा था, ठहर गया और उस देहाती की ओर घूमकर पूछने लगा—"मुकदमे की पेशी कब है?"

"उसमें तो अभी देर है।"

गम्भीरता से कुछ विचारते हुए त्रिलोकीनाथ ने कहा—"अच्छा, एक दिन जाकर फिर ताल्लुकेदार से मिलूंगा और तुम्हें भी बुला लूंगा।" त्रिलोकीनाथ फिर आगे बढ़ा, पर जैसे फिर कोई बात याद आ गई हो, रुककर एक देहाती से बोला—"अयोध्यासिंह, तुम्हारा और साहूकार का तो ठीक चल रहा है न?"

"हां, डॉक्टर साहब, अभी तो आप जैसा तय करा गए थे उसी माफिक चला जाता है।"

फिर किसीसे कोई बात नहीं हुई।

त्रिलोकीनाथ को उस गांव में बहुत देर लग गई। इन्दुमती कुछ देर तक तो उसके साथ रही, परन्तु गांव की गलियां और मकान तथा जहां-जहां त्रिलोकीनाथ गया, वे सारे स्थान उसे इतने गन्दे जान पड़े कि वह आधे घण्टे के अन्दर ही ऊबकर मोटर में आ बैठी।

अब मोटर में बैठे-बैठे इन्दुमती सोच रही थी—'गांव कैसे गन्दे होते हैं, कैसी इनकी सड़कें और कैसे इनके मकान! ग्रामनिवासी कितने मैले-कुचैले रहते हैं!' उसे बार-बार वे देहाती लड़के याद आते थे, जिन्हें उसने मिठाई बांटी थी और बार-बार वह इधर-उधर से अपनी साड़ी देखती थी कि किसी लड़के या देहाती से वह छू तो नहीं गई है और उसमें कहीं कोई धब्बा तो नहीं लग गया है। इस गन्दे गांव में उसे त्रिलोकीनाथ का स्वभाव ही कुछ दूसरी प्रकार को दीखा। यहां उसने उसे जितना हंसते-बोलते देखा, उतना इसके

पहले कभी न देखा था। उसके इधर-उधर घूमने और बातचीत करने के ढंग से ऐसा जान पड़ता था, जैसे वह गांव उसका घर हो और वे असभ्य मैले देहाती उसके कुटुम्बी।

कहां लखनऊ, वहां का सारा जीवन निर्मल नीर के समान, और कहां यह गांव, जहां सब कुछ कीचड़वत्! इसीलिए तो त्रिलोकीनाथ वहां के सारे जीवन से कटा-फटा-सा रहता है। अब उसे आश्चर्य हुआ स्वयं अपने पर, अपने त्रिलोकीनाथ के प्रति उत्पन्न ए आकर्षण पर।

सन्ध्या हो रही थी। जब त्रिलोकीनाथ लौटा, तब प्रायः सारा गांव उसके साथ था। बहुत-से लड़के भी थे, जो उससे झूम रहे थे।

त्रिलोकीनाथ के मोटर में बैठने पर देहातियों ने त्रिलोकीनाथ और इन्दुमती दोनों का अभिवादन किया। अभिवादन के समुचित उत्तर होते-होते मोटर का इंजन स्टार्ट हुआ। मोटर चली ही थी कि पीछे से एक देहाती की आवाज़ सुनाई दी। वह किसी से कह रहा था—'या तो डॉक्टर साहब आज किसीको भगाकर लाए हैं, या फिर शायद इससे शादी-वादी करें।"

इन्दुमती और त्रिलोकीनाथ, केवल दोनों ने ही नहीं, ड्राइवर ने भी यह बात सुनी। इन्दुमती की भृकुटी एकदम वक्र हो गई।

कुछ देर बाद इन्दुमती ने पूछा—"आपने मेरे कारण जल्दी तो नहीं की ?"

"ज़रा भी नहीं।"

कुछ देर फिर चुप्पी। एकाएक इन्दुमती ने घृणा-भरे स्वर में कहा—"कितना गन्दा था गांव !"

"आपको देखकर बड़ी निराशा हुई न ?"

"निराशा ही नहीं, बड़ी भारी घृणा। कैसे रहते हैं मनुष्य इस गन्दगी में ?"

एक लम्बी सांस लेकर त्रिलोकीनाथ ने कहा—"पर इस गन्दगी को ठीक करने की क्या हम और आपपर ज़िम्मेदारी नहीं है ?"

"इस देश के सौ में से अस्सी आदमियों के रहने के कितने स्थानों को हम और आप ठीक कर सकते हैं ?"

"संख्या की तरफ मेरा ध्यान ही नहीं जाता।"

"पर कितनों को आप ठीक कर सके ?" इन्दुमती ने तमककर पूछा।

"यह भी मैं नहीं सोचता। केवल प्रयत्न करता हूं।"

इन्दुमती कुछ नहीं बोली, पर उसके मन में उठा कि संसार की समस्त वस्तुएं जब अपने आनन्द के लिए हैं, तब यह सब प्रयत्न किसलिए?

इन्दुमती घर पहुंचने के लिए बड़ी व्यग्र थी। त्रिलोकीनाथ को बोर्डिंग-हाउस पर उतार वह सीधी घर गई और घर में पैर रखते ही अपने नहाने के कमरे में जा, वह अपने शरीर को मल-मलकर न जाने कितनी देर तक नहाती रही। मोटर चलते समय जो उसने एक देहाती की बात सुनी थी वह भी उसे बार-बार याद आती थी और वह फिर-फिरकर स्वयं अपने ही से कह बैठती थी—'त्रिलोकीनाथ से मेरा विवाह ! छिः !...छिः !'

5

सन् 1919 की 20 अप्रैल को अवधबिहारीलाल पचासवां वर्ष पूरा कर इक्यावनवें में प्रवेश कर रहे थे। हर वर्ष उनके और इन्दुमती के जन्म-दिवस पर एक छोटी-सी दावत हुआ करती थी, इसीलिए इन्दुमती को यह मालूम था। गांव से लौटने के कुछ दिनों बाद एकाएक इन्दुमती के मन में आया कि पिता की 'स्वर्ण जयन्ती' क्यों न मनाई जाए।

मां की स्वीकृति प्राप्त होने के अनन्तर पिता की स्वीकृति भी मिल गई। इन्दुमती के नाम से निमन्त्रण-पत्र भेजे जाने का भी निश्चय हो गया।

रायबहादुर सेठ रामस्वरूप मारवाड़ी अग्रवाल थे, कानपुर के एक करोड़पति। रामस्वरूप अपने बैठकखाने की मोटी गद्दी पर बैठे हुए आई हुई चिट्ठियों को खोल-खोलकर पढ़ रहे थे। कालीन पर मुनीम बैठा हुआ

था। चिट्ठियां खोलते-खोलते सेठजी ने एक फूलदार रंगीन बड़ा-सा लिफाफा खोला। अन्दर से निकला एक निमन्त्रण-पत्र और चिट्ठी। पहले उन्होंने निमन्त्रण-पत्र को उलट-पुलटकर देखा, फिर उसे पढ़ा। उसके बाद पढ़ी चिट्ठी और ज़ोर से हंस पड़े। हंसते-हंसते वे मुनीम से बोले—"अरे मुनीमजी, अपने लखनऊ के वकील की जुबिली हो रही है, जुबिली !"

"अवधबिहारीलाल की ?" कुछ आश्चर्य से मुनीम ने कहा।

"हो, अवधबिहारीलाल की ! मल्का विक्टोरिया की तो जुबिली सुणी ही के, देखी ही, हज़ारों को चन्दो ही दियो हो। राजा महाराजाओं की जुबिलियां भी सुणी हैं, पण ई जमाणे में जो हो जाय सो ही थोड़ो। अब वकीलों की भी जुबिलियां ! और, मुनीमजी, कारड भेजा है वकील की लड़की ने। लड़कियां कारड भेजने लगीं ? के पूछो हो ! और जुबिली के साथ नाटक होगा। नाटक में पार्ट लेगी यह लड़की इन्दुमती ! (कार्ड मुनीम के पास फेंकते हुए) पढ़ो न ? बड़ी अजीजी से मुझे बुलाया है। मैं तो नहीं जाऊंगा, पर ललित को तो भेजना ही पड़ेगा। बी० ए० को इम्तहान दे ही चुक्यो है, तमासो देख आसी।"

सेठ रामस्वरूप के पुत्र का नाम ललितमोहन था। इसमें सन्देह नहीं कि जैसा नाम था वैसा ही उसका रूप था। फिर यदि नाम के अनुरूप उसका स्वरूप था तो रूप के अनुसार ही बुद्धि थी। वह था पूर्णतया सभ्य और सुसंस्कृत। उसकी बुद्धि के प्रेरक थे आत्माभिमान और विवेक; मन की सबसे निकृष्ट वस्तु भय का उसमें लवलेश न था। उसमें विचार और कृति का अद्भुत सामंजस्य था। पिता का जितना तेज़ स्वभाव था, उतना ही उसका सौम्य, लेकिन स्वभाव के साम्य होने पर हृदय में दृढ़ता की कमी न थी।

वह आस्तिक हिन्दू था। घर के संस्कारों ने उसकी आस्तिकता को और अधिक बढ़ा दिया था।

साहित्य ललितमोहन का प्रिय विषय था, पर राजनीति में भी उसे कम दिलचस्पी न थी। वह अपने कमरे में एक गद्दी पर बैठा हुआ था। कई मित्र भी उपस्थित थे। बिजली के पंखे की झनझनाहट थी और चर्चा हो रही थी हाल ही में हुए पंजाब के जलियां वाले बाग के घोर हत्याकाण्ड पर।

जब यह चर्चा समाप्त हो रही थी, वहां सेठ रामस्वरूप आए और निमन्त्रण-पत्र ललितमोहन को देते हुए बोले—"तुमको लखनऊ जाना है।"

6

अवधबिहारीलाल की इस जुबिली का उत्सव तीन दिन तक चलने वाला था। पहले दिन शाम को सभा थी। सभा में समाजसुधार पर भाषण होने वाले थे। दूसरे दिन शाम को दावत थी। और तीसरे दिन रात को नाटक। बाहर से आने वालों में से अधिकांश की सूचना तीसरे दिन ही पहुंचने की आई थी। इन्दुमती समझ गई कि आखिर इस प्रोग्राम में भी उसीकी समझ ने इतने बाहरी लोगों को आकर्षित किया। निमन्त्रण-पत्र में यदि कार्यक्रम के साथ नोट में यह न छपवाया जाता कि 'नाटक में इन्दुमती भी पार्ट लेगी' तो कदाचित् बाहर से इतने मेहमान न आते।

जिन रायबहादुर सेठ रामस्वरूप तथा उनके लड़के के आने के सम्बन्ध में अवधबिहारीलाल इतने इच्छुक थे, वहां से भी तार मिला था कि ललितमोहन तीसरे दिन ही पहुंच सकेगा।

स्वर्ण जयन्ती के दो दिनों का कार्यक्रम सफलतापूर्वक हो गया था। ललितमोहन तीसरे पहर की गाड़ी से आ रहा था, अतः ललितमोहन को लेने के लिए खुद अवधबिहारीलाल इन्दुमती के साथ स्टेशन पहुंचे।

ठीक वक्त गाड़ी आई और फर्स्ट क्लास से ललितमोहन उतरा। इधर ललितमोहन का सामान उतारा जा रहा था, उधर अवधबिहारीलाल

ने इन्दुमती से ललितमोहन का परिचय कराया । यह क्या हुआ ? ललितमोहन से हाथ मिलाते समय इन्दुमती पूरे होश में थी या नहीं ! उसकी आंखें उस समय ऐसी दीखीं,जैसे किसी उतार पर लुढ़कती हुई दो छोटी-छोटी गेंदें ।

यह सब कुछ सेकंड-भर में ही खत्म हो गया। यदि इन्दुमती पूरे होश में नहीं भी थी तो भी वह हालत कुछ सेकंड ही रही थी। ललितमोहन भी उतनी देर तक अपनी स्वाभाविक मुद्रा में नहीं था, पर इन्दुमती के समान शायद उसने अपना होश नहीं खोया था।

रात्रि को साढ़े नौ बजे 'कृष्णार्जुन युद्ध' नाटक आरम्भ हुआ।

नट या नटी को बिना दर्शकों की ओर ध्यान दिए अपना अभिनय करना चाहिए, इन्दुमती इसे न जानती हो, यह नहीं, पर बार-बार उसकी दृष्टि ललितमोहन की ओर घूम जाती थी।

ललितमोहन को यह नाटक अब तक के अपने देखे हुए सब नाटकों से श्रेष्ठ जान पड़ा।

नाटक समाप्त होने पर घर लौटते हुए मोटर में कितने उत्साह से ललितमोहन ने इन्दुमती को बधाई दी !

स्वर्ण जयन्ती उत्सव समाप्त हो गया।

बाहर से आए हुए मेहमानों ने वकील साहब से रुखसत ली। ललितमोहन ने भी जाने की आज्ञा चाही। शेष सज्जन तो चले गए, पर ललितमोहन को अवधबिहारीलाल ने रोक लिया।

लखनऊ में ललितमोहन को रहते हुए एक हफ्ता बीत रहा था । ललितमोहन की भी विदा का समय आ पहुंचा। ललितमोहन को स्टेशन पहुंचाने अवधबिहारीलाल,सुलक्षणा और इन्दुमती तीनों गए।

स्टेशन पर जब आखिरा घण्टी बजी तो ललितमोहन ने पहले सुलक्षणा और फिर अवधबिहारीलाल के पैर छुए। अब वह मुड़ा इन्दुमती की ओर। उसने हठात् इन्दुमती का एक नहीं, दोनों हाथ अपने हाथ में ले लिए। इन्दुमती और ललितमोहन दोनों उस समय शायद अपनी सुधबुध भूल गए।

7

जब इन्दुमती घर लौटकर आई और अपने कमरे में पहुंची तब उसकी समझ में ही न आया कि अब वह क्या करे ? पिता की जुबिली मनाने के निश्चय के दिन से आज तक उसे कुछ न कुछ करने के सिवा कोई नई बात सोचने का समय ही न मिला था और अब करने को कुछ न था विचारने के अतिरिक्त। उसकी इस अवस्था का कारण ललितमोहन ही है, यह इन्दुमती भी जान गई, पर वजह जानकर संतोष के स्थान में उसे और अधिक उद्विग्नता हो गई। एकाएक उसे पिता का उपदेश याद आया—'विश्व में निज का व्यक्तित्व ही सब कुछ है,' पर उसने झुंझलाकर अपने-आपसे कहा, 'गलत उपदेश है, एकदम गलत, यदि विश्व में निज का व्यक्तित्व ही सब कुछ होता तो ललितमोहन के देखते ही मेरे मन में ऐसा उद्वेग क्यों उठता ?'

उसी समय शीशे पर उसकी दृष्टि पड़ी। उसे अपना प्रतिबिम्ब दीखते ही ललितमोहन का शरीर याद आ गया। उसके मन में उठा कि सौन्दर्य में वह ललितमोहन के सामने तुच्छ है। फिर उसने अपने से पूछा—'और बुद्धि ?' उत्तर मिला—'बुद्धि के सम्बन्ध में निश्चयपूर्वक नहीं कहा जा सकता। शायद-शायद...इस सम्बन्ध में भी शंका ?' और फिर वह ज़ोर से बोल उठी—'और सभ्यता तो उनमें मुझसे अधिक...कहीं अधिक है। कितने—हां, कितने सरल हैं वे ! तो...सरलता ही सच्ची सभ्यता की

जननी है।' आज तक इन्दुमती ने किसीको किसी भी बात में अपने से श्रेष्ठ न माना था। आज एकाएक उसे जान पड़ा कि त्रिलोकीनाथ तथा अन्य जिन लड़कों के प्रति वह आकृष्ट हुई थी, उन्हें अपने से श्रेष्ठ मानकर नहीं, और आकर्षण के बाद उसे सबसे ग्लानि भी पैदा हुई थी; पर आज एकाएक उसके हृदय ने उससे कह दिया कि उससे श्रेष्ठ भी कोई व्यक्ति है। और यह महसूस करने के बाद भी उसके मन में किसी प्रकार की ईर्ष्या की अग्नि प्रज्वलित न हुई, किसी तरह के क्रोध का ज्वार न उठा, किसी भांति के दुःख की वायु न चली। इस दिशा में उसका मन शीतल था, शान्त था, सुखी था। ललितमोहन को अपने से श्रेष्ठ मान उसके मन को एक अपूर्व आनन्द हुआ।

बार-बार उसने स्वयं से ललितमोहन से पुनः भेंट के सम्बन्ध में न जाने कितने पूरे और कितने अधूरे प्रश्नों को पूछना प्रारम्भ किया। कुछ देर के बाद वह अपने-आपसे कह उठी—'अभी-अभी तो ललितमोहन गए हैं और उनके पीठ फेरते ही ये कैसे प्रश्न ? फिर यदि भेंट हुई तो जल्दी होने की तो कोई सम्भावना नहीं है, और अगर शीघ्र हो भी गई तो पुनः इसी प्रकार का वियोग हो जाएगा।' कुछ ठहरकर उसने फिर प्रश्न किया—'ललितमोहन से मेरा कभी वियोग न हो, क्या ऐसा नहीं हो सकता ?' और अब उसके हृदय में उत्तर-प्रत्युत्तर चल पड़े। 'क्यों नहीं ?' 'कैसे ?' 'यदि उससे विवाह हो जावे तो ?' और ज्योंही उसके मन में विवाह की बात उठी, त्योंही। उसे जान पड़ा जैसे जीवन-स्रोतस्विनी का सच्चा स्रोत स्त्री और पुरुष दो कगारों के बीच से बहता है। तत्काल ही उसे विवाह न करने का अपना निर्णय याद आया और उसने अपने-आपसे कहा—'विवाह ! पर मुझे तो विवाह-संस्था पर ही विश्वास नहीं।...यदि मैं विवाह करना भी स्वीकार कर लूं तो क्या यह विवाह सम्भव है? ललितमोहन ने अपने को अपने पिता का आज्ञाकारी पुत्र बताया था। पिता सनातनी हैं,

यह भी कहा था। कोई सनातनी मारवाड़ी अग्रवाल किसी कायस्थ की पुत्री से अपने पुत्र का विवाह कभी कर सकता है ?'

प्रेमियों के हृदय-क्षेत्र का प्रेम रूपी तरु सदा हरा-भरा रहता है। कुछ वृक्ष जिस प्रकार सभी ऋतुओं में हरे रहते हैं, वह ऋतु चाहे गर्मी की हो या जाड़े की, उसी तरह यह तरु भी वियोग और संयोग सभी अवस्थाओं में हरा रहता है। हां, अन्य वृक्षों में और इसमें कुछ अन्तर अवश्य है। जैसे अन्य तरुओं के जमने, बड़े होने, फूलने और फलने में समय लगता है, वैसा इसमें नहीं; यह तरु उगते ही जम जाता है और तत्काल फलने-फूलने लगता है। फिर दूसरे दरख्तों में एक ही तरह के पत्ते, फूल और फल निकलते हैं, लेकिन प्रणयपलाशी के पत्र, पुष्प और फल एक ही प्रकार के नहीं होते; रंग और रूप दोनों में पृथक्-पृथक्, गुण भी अलग-अलग। ये पत्ते, प्रसून भिन्नभिन्न रंग, रूपों और गुणों के इसलिए होते हैं कि पल-पल में उठने वाली उनकी अगणित प्रकार की भावनाओं के रस से पोषित होते हैं। ऐसा ही प्रेम-पादप इन्दुमती और ललितमोहन दोनों के हृदय में उग गया था।

मन को चंचल कहा गया है और यह कथन जितना सत्य है। उतने सत्य विरले ही कथन होंगे। मन की चंचलता के सम्मुख पानी की लहरों, बादलों के टुकड़ों, वायु के झोंकों की चंचलता भी तुच्छ है, किन्तु जब कभी यह किसी दूसरे मन के साथ प्रेम-बन्धन में बंधकर बैठता है तब वह अपनी सारी चंचलता छोड़ अचलवत् अचल हो जाता है और जितनी स्थिरता उसे इस स्थिति में प्राप्त होती है, उतनी शायद किसी दूसरी स्थिति में नहीं। इन्दुमती और ललितमोहन दोनों के मनों की यही अवस्था हो गई थी ; परन्तु ललितमोहन उन व्यक्तियों में था जो तब तक ही डगमग नहीं होते जब तक उन्हें यह विश्वास रहता है कि वे सत् पथ पर हैं, फिर चाहे वह कितना ही कठिन क्यों न हो। इन्दुमती के आकर्षण ने ललितमोहन को एक ऐसे ढंग से क्षुब्ध भी कर दिया

जैसी क्षुब्धता इसके पहले उसे कभी न हुई थी। न चाहने पर भी उसके मन में बार-बार उठने लगा कि इन्दुमती के प्रति उसका यह प्रेम कहां तक शुद्ध और उचित है? ललितमोहन के जीवन में तो यह सब एकदम नवीन अनुभव था।

अकस्मात् ललितमोहन के मन में इन्दुमती को पत्र लिखने का विचार उठा और उसने उसे कार्य रूप में परिणत भी कर दिया। सारा पत्र पूर्ण होने पर एक भावना-वृक्ष का चित्र-सा दीखता था। प्रेम-रूपी तना जिसमें भिन्न-भिन्न पंक्तियां उसकी शाखाएं और अक्षर उन शाखाओं के पत्ते जान पड़ते थे। कोई-कोई शब्द लाल स्याही से लिखे गए थे। ये शब्द दीखते थे उन पल्लवों में यत्र-तत्र खिले हुए पुष्प।

जब इन्दुमती को यह पत्र मिला तब वह दोपहर का खाना खाकर अपने कमरे में आई ही थी। कितना हर्ष हुआ उसे पत्र को पूरा पढ़ लेने पर ! और ज्योंही उसने पत्र पूरा किया, त्योंही उसके मुख से एक विचित्र ढंग से निकला—'हाँ !' मानो जो कुछ पत्र में लिखा है, वह यथार्थ रूप में उसकी समझ में आ गया। परन्तु कुछ ही क्षणों बाद उसने फिर से पत्र पढ़ना शुरू किया। इस बार पत्र पूरा होने पर उसके मुंह से निकला–'आहा !' यह आहा था सन्तोष का द्योतक। लेकिन कुछ ही देर के पश्चात् उसने पत्र की तीसरी आवृत्ति आरम्भ की। जब यह पूरी हुई तब आहा बदल गया 'ओहो !' में। यह था द्योतक इस बात का कि पहले पत्र का जो अर्थ समझा गया था, उससे पत्र का यथार्थ अर्थ शायद भिन्न है और अब यथार्थ अर्थ जानने के लिए पत्र का चौथी बार पढ़ना आरम्भ हुआ। इस आवृत्ति के बाद इन्दुमती के मुख से निकला 'ऐहै !' याने अब पूरा अर्थ समझ में आया।

अब वह बैठी इस पत्र का उत्तर लिखने को। इन्दुमती की कलम चलने लगी, परन्तु ललितमोहन की चिट्ठी का जवाब नहीं लिखा जा रहा था।

कलम लिख रही थी बार-बार ललितमोहन का नाम। विवश हो दूसरे दिन के लिए पत्र-लेखन का कार्य स्थगित कर वह फिर से ललितमोहन का पत्र पढ़ने लगी।

दूसरे दिन पत्र लिखा जा सका।

पत्र रवाना करने के बाद इन्दुमती घर में न रह सकी। वह बाहर घूमने निकली। आज की इस घुमाई में उसने एक नया और आश्चर्यजनक अनुभव किया—जो युवक भी उसे नज़र पड़ा, उसमें प्रिय ललितमोहन की कोई न कोई समानता दीखी।

इन्दुमती के पत्र का ललितमोहन पर भी अत्यधिक असर पड़ा और उसके उपजाऊ मस्तिष्क ने उसके एक नहीं, अनेक गहरे-गहरे मतलब निकाले। उसे वह पत्र नहीं, पर इन्दुमती के हृदय को भीतर से देखने का 'एक्स-रे' जान पड़ा। उसे साहित्य में पढ़े हुए न जाने कितने प्रेम याद आए ! सच्चा प्रेम जीवन में एक बार ही होता है, एक व्यक्ति से ही होता है और न जाने किस जन्म से आरम्भ होकर किस जन्म तक चलता रहता है ! उसे पुनर्जन्म पर विश्वास था, इस प्रकार के प्रेम पर यकीन था। उसके हृदय में अब तक किसीके लिए इस तरह का प्रणय उत्पन्न न हुआ था। फिर इन्दुमती के मन में भी उसके लिए इसी प्रकार का प्रेम था, इसमें अब उसे किसी प्रकार का सन्देह न रह गया था। अतः उसने तय किया कि वह इन्दुमती से ही विवाह कर सकता है, अन्य किसीसे नहीं। इस विवाह में जो अड़चनें थीं वे भी क्रमशः उसके अनुमान में आने लगीं। घूम-फिरकर 'म्याऊं का ठौर' उसे अपने पिताजी ही मालूम पड़े।

8

अब उसने पहले सेठ रामस्वरूप के पास इस मामले को पहुचाना

आवश्यक समझा। मुकाबले में तो उनसे वह यह सब कह नसकेगा, यह वह जानता था। इसीलिए उसने सेठजी को पत्र लिखने का निर्णय किया। उसने सोचा—'पिताजी तो अगणित बार मेरे विवाह के सम्बन्ध में मुझसे कह चुके हैं, न जाने किस-किससे कहला चुके हैं, अब मैं ही लिखूं। मैंने उन्हें सदा यही उत्तर भेजा है कि बी० ए० के बाद मैं विवाह करूंगा। मौका भी आ गया है।'

जब ललितमोहन का पत्र सेठ रामस्वरूप ने पढ़ा तब उनके क्रोध का ठिकाना न रहा। वे पत्र को पढ़ने के बाद बैठे न रह सके। खड़े हुए। जल्दी-जल्दी पहुंचे ललितमोहन के कमरे में।

सेठ रामस्वरूप ने पहले ललितमोहन को ऊपर से नीचे तक और नीचे से ऊपर तक देखा, एक बार नहीं, कई बार; और फिर एकाएक विस्फोट-सा हुआ और वाक्य तथा शब्द ही नहीं, एक-एक अक्षर और उनकी एक-एक मात्रा विस्फोटक पदार्थ के समान रामस्वरूप के मुख से निकलने लगी :

"तूने...तूने मने या चिट्ठी भेजी है, तूने...तूने !...या चिट्ठी मने !...सरम नईं आई तूने मने इसी चिट्ठी लिखवा में...अरे बेसरम, थोड़ो...थोड़ो तो लिहाज राखतो !...फूट गया म्हारा करम !...धूल पड़ गई सारी सपेती में ! (पर दुर्भाग्य से सेठजी के सफेद बाल न होकर खिजाब के कारण काले थे !)...ई वास्ते तो मैं इण्टरन्स के पीछे पढ़ातो ही नईं थो, पर वे म्हारा दोस्त...म्हारे...म्हारे घर को भला चाने वाला ! अरे दोस्त नहीं, दुस्मन...दुस्मन...बेटो सीख जासी... पढ़ जासी...करम फुट्या ! आओ...देखो...यो सीख्यो बेटो ! यो पढ्यो ! आजकल का ये कालेज... लाय लगे सब में !...पहले ही व्याव कर देतो... नहीं मानतो, तो आज इसी चिट्ठी मने क्यूं मिलती ?...पण सुन ले तू...कान खोल ने सुन ले ! दोनों कान...सुन्यो, दोनों कान ! ...म्हारे घर में यो अधरम को काम नहीं होसी...कदे ही नहीं ! ...बाणियारी बेटी घर आसी ; बाणियारी...

धरम-करम वाली...कायथ की बेटी म्हारे घर आवे ! ...नाटक करवा वाली... नाटक...नाटक...नाटक...!"

जैसे जाड़े के मौसम में नहाने के बाद विष्णु सहस्रनाम का पाठ करते-करते सेठजी गुसलखाने से पूजाघर में कांपते-कांपते जाते थे, उसी तरह इस मई की गरमी में 'नाटक' शब्द का पाठ करते-करते कांपते हुए वे ललितमोहन के कमरे से अपने कमरे में आ गए।

उन्होंने ज़ोर से पुकारा—"कोई है ?"

दौड़ते हुए एक नौकर ने प्रवेश किया। नौकर को देखकर सेठजी बोले— "मोतीलाल को भेज दे।"

कुछ ही देर में एक अधेड़ अवस्था का ठिंगना और दुबला-सा आदमी एक फैल्ट कैप लगाए तथा कोट-धोती पहने हाज़िर हुआ। उसे देख सेठजी गद्दी पर बैठ गए और बैठते-बैठते बोले-"एक चिट्ठी लखनऊ के वकील को लिखना है ; लिखो, मैं बोलता हूं।"

9

डाकिये के जाने पर अवधबिहारीलाल ने जिस लिफाफे को खोला उसमें दो चिट्ठियां निकलीं, एक उनके नाम सेठ रामस्वरूप की और दूसरी रामस्वरूप को दी हुई ललितमोहन की चिट्ठी की नकल। दोनों पत्रों को उन्होंने पढ़ा और उनके पढ़ने पर उनकी वही हालत हुई जिसके सम्बन्ध में कहा जाता है, 'काटो तो खून नहीं।' रह-रहकर कुछ शब्द आपसे-आप उनके मुंह से निकलने लगे—'प्रैक्टिस में मदद देने का फल', 'जुबिली का स्वांग', 'बच्चा होने के कारण फंसाव', 'जो लड़की नाटक करती है', 'वकील लोग तो बड़ी दूर की सोचते हैं, "इतनी बड़ी जायदाद की मालकिन', 'दर-दर का भिखारी' !

कुछ देर बाद एकाएक वे चौंक-से पड़े और जल्दी से सुलक्षणा के कमरे में पहुंचे। अवधबिहारीलाल ने बिना एक शब्द भी कहे उन पत्रों को सुलक्षणा

के हाथ में रख दिया। कांपते हाथों से सुलक्षणा ने चिट्ठियां लेकर उन्हें पढ़ना आरम्भ किया। दोनों पत्रों के पूरे होते न होते शान्त सुलक्षणा के मुख से भी निकल गया—"ओह ! बेटी !" और वे चिट्ठियां उनके हाथ से फर्श पर गिर पड़ीं।

इन्दुमती का कमरा सुलक्षणा के कमरे से लगा हुआ ही था। हवा के झोंके ने सुलक्षणा की आवाज़ वहां पहुंचा दी और हवा के झोंके के समान ही तेज़ी से इन्दुमती ने उस कमरे में प्रवेश किया। उसके मुख पर हवाइयां ही उड़ रही थीं। उसने देखा कि उसके माता-पिता एक विचित्र मुद्रा में आमने-सामने खड़े हुए हैं और दोनों के बीच में पड़े हुए हैं दो पत्र। अवधबिहारीलाल और सुलक्षणा ने उसे देखकर कुछ न कहा। उसने दोनों की ओर देखा। वह भी कुछ न बोली और उसने लपककर उन दोनों चिट्ठियों को उठा, पढ़ना शुरू किया।

जब इन्दुमती दोनों चिट्ठियां पूरी पढ़ चुकी तब सुलक्षणा के मुख से एकाएक निकल गया—"यह है सब आपके उपदेशों का फल !"

इस वाक्य ने इन्दुमती की सारी मुद्रा एक सेकण्ड में परिवर्तित कर दी। सारी हवाइयां एकाएक गायब हो गई। वही पुरानी दृढ़ता, वही पुरानी अकड़ फिर से एक बार लौट आई। वह मुंह कुछ बिचकाकर बोली :

"बाबूजी का उपदेश ! बाबूजी के उपदेश और इस घटना से क्या सम्बन्ध है, मां ? और बाबूजी का उपदेश तो बिलकुल ठीक है। इस मनुष्य-समाज में पुरुष ने स्त्री को जिस गड्ढे में ढकेल दिया है,बाबूजी चाहते हैं, वह उसमें न पड़ी रहे। मेरा तो विवाह न करने का निश्चय है। ललितमोहन से मेरी मित्रता ज़रूर हो गई है, पत्र-व्यवहार भी शुरू हुआ है। क्या हम लोगों को किसीसे मैत्री और पत्र-व्यवहार करने का भी अधिकार नहीं है? ललितमोहन ने शायद मेरे पत्र का ठीक अर्थ नहीं समझा। फिर अवधबिहारीलाल की ओर घूमकर वे दोनों पत्र उन्हें देते

हुए उसने कहा— "बाबूजी, आप लिख दें सेठ रामस्वरूप को कि उन्हें आपका तथा मेरा इस तरह का अपमान करने का कोई हक न था। न विवाह का कोई सवाल उठता और न ललितमोहन के दर-दर के भिखारी होने का।"

जिस हवा के झोंके के समान इन्दुमती उस कमरे में आई थी, उसी हवा के झोंके के समान बाहर हो गई, लेकिन अपने कमरे में पहुंचते ही उसने उसका दरवाज़ा बन्द कर लिया। वह खड़ी न रह सकी और एक सोफे पर गिर-सी पड़ी। उसकी दशा उस सैनिक के समान हुई जो आहत होने पर भी शत्रु को पीठ न दिखाने की उत्कट इच्छा के कारण विजय तक लड़ता रहता है, जिसके शरीर को उसकी इच्छा-शक्ति खींचती हुई ले जाती है; पर ज्योंही विजय प्राप्त होती है, त्योंही अपने घावों के कारण वह धराशायी हुए बिना नहीं रहता।

उधर अवधबिहारीलाल प्रसन्नता से सुलक्षणा से कह रहे थे— मैंने तुमसे कई बार कहा और फिर कहता हूं, तुम इन्दुमती को समझ ही नहीं सकी हो, बिलकुल नहीं, जरा भी नहीं !"

इन्दमती पूर्ण विचार करने के पश्चात् ही विवाह न करने के निश्चय पर पहुंची थी; लेकिन जिस समय उसने यह निश्चय किया था, उस वक्त ललितमोहन के समान उसका कोई प्रिय पात्र न था। अपने पूर्व निर्णय के अनुसार आज भी उसने यह तो वीरतापूर्वक कह दिया, 'मेरा तो विवाह न करने का निश्चय है,' पर ललितमोहन के प्रति उसके जैसे भाव थे, उनके कारण यह भी उसे दीख रहा था कि वह ललितमोहन के बिना रह ही नहीं सकती। बिना विवाह के भी वह ललितमोहन के साथ रह सकती थी, उसे स्वयं इसमें कोई आपत्ति न जान पड़ी, किन्तु जब ललितमोहन लखनऊ में था तब उसने उसका पूजा-पाठ, संध्या-जप देखा था। समाज के नैतिक बन्धनों और विशेष कर विवाह के सम्बन्ध में बातों ही बातों से उसका मत जान लिया था। उसके इस धर्म,

कर्म और मतों पर उसने कटाक्ष भी किए थे, पर इससे क्या? फिर बिना विवाह के ललितमोहन के साथ रहने का अर्थ क्या वेश्या के समान रहना न होगा ? जब समाज में विवाह नहीं था तब वेश्याएं भी न होंगी, व्यभिचार जैसी कोई वस्तु भी न होगी, जब विवाह-संस्था का नाश होगा, तब वेश्यावृत्ति और व्यभिचार का भी मूलोच्छेदन। पर जब तक विवाह है, जब तक वेश्याएं हैं, व्यभिचार है, तब तक समाज के इस नियम के विद्रोही भी आत्मसम्मान के साथ दो ही तरह से रह सकते हैं, या तो अविवाहित और या विवाह करके।... और ललितमोहन के प्रति इस प्रकार की भावनाएं होने के पश्चात् उसका अब अविवाहित रहना !

इन्दुमती के मुख से ज़ोर से निकल गया—"तब...तब करूं, क्या ?" और इस छोटे से वाक्य के बाद वह इस प्रकार सांस लेने लगी, मानो वह अपनी सांसों से ही संघर्ष कर रही है।

इन्दुमती अपने कमरे में कुछ देर ही बैठी होगी कि इतने ही में दरवाज़े पर कुछ थपकियों की आवाज़ सुनाई दी। उसने घड़ी की ओर देखा। चार बज रहे थे। उसने सोचा चाय आई होगी, अतः उसने अन्दर से ही ज़ोर से कहा—"मैं आज चाय नहीं पिऊंगी।" लेकिन बाहर से चाय लाने वाले का नहीं, वज़ीरअली का स्वर सुनाई दिया। उसने कहा—"मैं हूं, बहन, चाय वाला नहीं।" इन्दुमती को इस वक्त वज़ीरअली के आने से हठात् बड़ा हर्ष हुआ।

मुस्कराते हुए इन्दुमती बोली—"चाय वाला न हो, पर चाह वाले आ गए ! न जाने क्यों तुम्हारे इस समय आने से मुझे बेहद खुशी हुई !"

दोनों दो कुर्सियों पर बैठ गए। बैठते-बठते, वज़ीरअली ने कहा—"मेरे आने से तो तुम्हें हमेशा खुशी होती थी, बहन, लेकिन आजकल..."

वज़ीरअली इन्दुमती की आजकल की उदासी देख रहा था। कई बार

उसने कारण भी पूछा था, परन्तु इन्दुमती सदा वज़ीरअली की बात ही टाल देती थी। हृदय में भाव भरे रहने पर भी, इन्दुमती लिफाफे में रखी हुई किसी भावुक चिट्ठी के समान चुप ही रही थी।

अब ज़ोर से हंसते हुए इन्दुमती बोली—"ओह ! वही मेरे उदास रहने की बात ! आज उसीका रहस्य बताना चाहती हूं।" एकाएक इन्दुमती के मुख से ऐसी बात निकल गई जो उसने सोची तक न थी। कई बार जब हमारा हृदय मुंह तक भर जाता है, तब मस्तिष्क की आज्ञा लिए बिना ही बहने लगता है।

"खुशी की बात है—आज सबब जान लूंगा और जानते ही इस गम की दवा करूंगा।"

इसी समय नौकर आया और दो व्यक्तियों के लिए चाय और नाश्ते का सामान चाय की टेबल पर रखकर चला गया।

इन्दुमती ने उठते एवं चाय की टेबल के निकट जाते हुए कहा—"अच्छा आओ, पहले चाय पिओ, तब बताती हूं।"

पर वज़ीरअली इस भुलावे में आने वाला न था। कुर्सी पर ज़ोर से टिकते हुए वह बोला—"मैं न यहां से हटूंगा, न चाय पिऊंगा, जब तक पूरा हाल न सुन लूंगा।" कुछ रुककर वह फिर बोला—"बहन, उस दिन तुमसे राखी बंधवा, भाई बन, मैंने कुछ ज़िम्मेदारी ली है। तुम चाहे अपने भाई को निकम्मा मानो पर मैं अपने को इतना नालायक नहीं समझता। तुम्हारा काम आसान करने के लिए एक बात पूछूं ?"

इन्दुमती कुछ बोली नहीं, पर सिर उठा, प्रश्नसूचक दृष्टि से उसकी ओर देखने लगी।

"यह तुम्हारी सारी गमगीनी उसी वक्त से है न, जब से मिस्टर ललितमोहन ने लखनऊ छोड़ा ?"

इन्दुमती फिर भी कुछ न कह सकी, पर उसके चेहरे पर जो भाव थे, उनके कारण वज़ीरअली को आगे बढ़ने का साहस हुआ; वह बोला—'बहन,

मिस्टर ललितमोहन से मिलने और उन्हें कुछ दूर तक देखने के बाद, मैं एक नतीजे पर पहुंचा हूं, जानती हो ?"

वही प्रश्नसूचक, मौन दृष्टि।

"जिस नतीजे पर मैं पहुंचा हूं, वह है कि अगर मेरे बहनोई होने के लायक मेरे अब तक देखे हुए नौजवानों में और मैंने सैकड़ों नहीं, हज़ारों ही देखे हैं—अगर कोई हो सकता है तो मिस्टर ललितमोहन।"

"किन्तु यह बात तो असम्भव-सी है, वज़ीर।" इन्दुमती ने हड़बड़ाकर कहा।

"अगर यह असम्भव इसलिए है कि तुम शादी के ही खिलाफ हो तो मैं यह कहना चाहता हूं कि मेहरबानी करके अपने इस उसूल को तब तक ताक पर रख दो, जब तक सोसाइटी में शादी मौजूद हैं।"

"परन्तु...परन्तु, भाई, यह कभी हो भी सकेगा ?"

"ललितमोहन की तरफ से तो कोई उज्र हो ही नहीं सकता, और तुम्हारे वालिद और वाल्दा का और मिस्टर ललितमोहन के वालिद का खिलाफ होना इस शादी को गैरमुमकिन नहीं कर सकता।"

"क्यों ?"

"इसलिए कि शादी होनी है तुम्हारी और मिस्टर ललितमोहन की, तुम्हारे वालिद, वाल्दा और उनके वालिद की नहीं। इस शादी का सारा इन्तज़ाम करेगा तुम्हारा भाई !"

आखिर उसने विवाह की सारी ज़िम्मेदारी अपने ऊपर लेकर इन्दुमती से कहा कि शादी हिन्दू तरीके से ही होगी। वह सारा इन्तज़ाम करेगा और मुसलमान होते हुए भी, भाई के नाते बहन का कन्यादान भी देगा !

अब तो इन्दुमती को ज़ोर की हंसी आए बिना न रही और हंसते-हंसते उसने कहा—"कोई हिन्दू पण्डित तुम्हारे हाथ से मेरा कन्यादान करना मंज़ूर करने वाला नहीं है !"

"आह ! इन पण्डितों और मौलवियों के मारे ही तो आफत है! इन्हें हमेशा ही हिन्दू और मुसलमान दीखा करते हैं। हिन्दू धर्म और इस्लाम ! इन्सान भी कोई चीज़ है, यह कभी इनके कीचड़-भरे दिमागों में आता ही नहीं। खैर, इनका भी इन्तज़ाम किसी दूसरे तरीके से किया जाएगा।"

10

एक सप्ताह में सचमुच ही इन्दुमती और ललितमोहन का विवाह हो गया। विवाह का सारा इन्तज़ाम वज़ीरअली ने किया।

वज़ीरअली ने पहले ललितमोहन से मिलकर सारा मामला तय किया। फिर अयोध्या से एक हिन्दू पण्डित को उसके एक शिष्य के साथ लाकर अपने दूर के रिश्ते वाले एक ताल्लुकेदार के बाग में हिन्दू शास्त्रोक्त पद्धति से विवाह करा दिया। विवाह में उपस्थित थे केवल पांच व्यक्ति—दो ब्राह्मण, वर, वधू और वज़ीरअली।

जब भांवर पड़ना शुरू हुआ उस समय दो पत्र इस विवाह के सम्बन्ध में पढ़े जा रहे थे। एक पढ़ रहे थे सेठ रामस्वरूप और दूसरा अवधबिहारीलाल। ये चिट्ठियां इस प्रकार डाकखाने में डाली गई थीं, जिससे जिस समय भांवर पड़ रही हों, उसी समय पाने वालों के हाथ में पहुंचें। रामस्वरूप को लिखा था ललितमोहन ने और अवधबिहारीलाल को इन्दुमती ने।

सेठ रामस्वरूप को जब यह पत्र मिला, तब उनकी दशा उस तैराक के समान हो गई, जिसे हाथ-पैर बांधकर अथाह पानी में छोड़ दिया गया हो। कुछ न कर सकने के कारण डूबने वाला वह तैराक जिस प्रकार अपनी अबद्ध जिह्वा से केवल गालियां दे सकता है, उसी तरह उन्होंने जी भरकर अपनी जीभ चलाई।

और अवधबिहारीलाल की समझ में न आया कि उन्हें उस पत्र से हर्ष हुआ है या खेद। वे उस पत्र को लिए हुए सुलक्षणा के पास इस तरह भागे, जैसे

कोई पांच वर्ष का बच्चा, कोई सुन्दर खिलौना पाकर, अपनी दादी के पास दौड़कर जाता है। सुलक्षणा के पास पहुंचते-पहुंचते दो जगह वे गिरते-गिरते बचे ! बचपन के बाद शायद ही कभी वे इस प्रकार दौड़े हों। सुलक्षणा पत्र पढ़ते ही पहले सन्नसी रह गईं, लेकिन कुछ सेकंड में ही उनका मुख हर्ष से चमकने लगा। उन्होंने वकील साहब से जल्दी से जल्दी लखनऊ का सबसे अच्छा बाजा मंगाने को कहा। स्वयं शीघ्र सारी अड़ोस-पड़ोस की स्त्रियों को इकट्ठा करने गईं और फिर लौटकर खुद अपने हाथ से अपने घर के फाटक पर चौक पूरने बैठीं। सुलक्षणा चाहती यही थीं कि इन्दुमती की शादी उन्हींके कायस्थ समाज के किसी लड़के से हो, वे उसका वर चुनकर स्वयं उसका विवाह करें। पर अब वह प्रश्न नहीं था। अब तो ललितमोहन उनका दामाद था और पुत्री का अखण्ड सौभाग्य उनकी सबसे बड़ी कामना।

पहले ललितमोहन अपनी नव वधू और उसके भ्राता वज़ीरअली को साथ ले कानपुर गया; लेकिन मकान के फाटक पर ही उसे उसका मुनीम मिला, जो उसीका रास्ता देख रहा था। मुनीम के हाथ में एक बन्द चिट्ठी थी। मुनीम ने वह चिट्ठी ललितमोहन को दी। चिट्ठी उसके पिता के हाथ की लिखी हुई थी :

ललितमोहन,

आज सूं तू म्हारो बेटो नहीं और मैं थारो बाप नहीं। सौगन्ध है तूने और बीं नाटक करवा वाली छोरी ने इणे घर में पांव धरवानी। जहां तुम्हारी खुशी हो वहां जाकर रहो और जो तुम्हारी इच्छा हो वह करो। मैं आज सूं समझ ले स्यूं कि तू जनमो ही नहीं थो।

—रामस्वरूप

ललितमोहन अपने दोनों साथियों के संग उलटे पर स्टेशन आया।

क़ानपुर और लखनऊ के बीच थोड़ी-थोड़ी देर में गाड़ियां आती जाती हैं। जब ये लोग वापस लखनऊ पहुंचे तब रात आधी से अधिक

बीत चुकी थी। पर जब अवधबिहारीलाल के घर से इनकी गाड़ी कुछ दूर थी तभी इन्हें बाजे का शब्द सुनाई दिया। जब ये लोग अवधबिहारीलाल के मकान के सामने पहुंचे, तब इनने देखा, मकान में दिन का सा प्रकाश है। आंगन भरा है पुरुषों की भीड़ से और ज़नाने से स्त्रियों के मंगल-गीत की ध्वनि आ रही है। कितनी आतुरता से प्रतीक्षा हो रही थी वकील साहब के घर में इन दोनों की !

वहां के इस महान प्रेममय स्वागत ने ललितमोहन को गद्गद कर दिया। इन्दुमती कैसी-कैसी शंकाओं को करती-करती यहां आई थी, विशेष कर अपनी माता के कारण; पर यह क्या, सुलक्षणा को तो उसने इससे अधिक आनन्दित जीवन में शायद ही कभी देखा हो ! यह सब देख इन्दुमती के मुख पर मुस्कराहट दौड़ गई और अखिों में आंसू भर आए। मुख पर मुस्कराहट और आंखों में आंसू ! क्या मुख मुस्कराहट के द्वारा और आंखें आंसुओं के ज़रिये बोल रही थों ? जो कुछ हो, भावनाओं का जनक हृदय एक होते हुए भी मुख और आंखों की वाणी पृथक्-पृथक् थी।

इन्दुमती ने ललितमोहन के साथ अवधबिहारीलाल के बाग में रहना प्रारम्भ किया।

ललितमोहन तो सौम्यता का अवतार ही था, पर इन्दुमती की रखरता भी एकदम चली गई। उसकी सारी प्रखरती का स्थान मिठास ने ले लिया।

इस प्रेम की उत्पत्ति दोनों के मन में एक-दूसरे को देखने से हुई थी। दोनों ने सर्वप्रथम देखा था एक-दूसरे का रूप। हृदय का एकीकरण इस खिंचाव के बाद की सीढ़ी थी। विवाह के पश्चात् दोनों का एक-दूसरे के शरीर पर भी अधिकार हो गया; उसी शरीर का, जो दोनों के एक-दूसरे के प्रति आकर्षण का प्रथम कारण था। परन्तु विवाह होने के बाद दोनों को जान पड़ा कि शरीर हृदय को समीप लाने का एक साधन-मात्र था।

सुहागरात के शारीरिक सम्मिलन ने दोनों के इस विचार को और पुष्ट कर दिया कि शारीरिक सम्मिलन एक-दूसरे को निकट लाने का एक ज़रिया-भर है। प्रेम और वासना का सबसे प्रधान अन्तर कदाचित् यही है। शरीरधारियों के लिए शरीर को पृथक् रख प्रेम की उत्पत्ति और उत्पत्ति के पश्चात् उसका पोषण तथा तुष्टि दोनों ही शायद सम्भव नहीं, किन्तु जहां प्रेम में शरीर साधन-मात्र रहता है, वहां वासना में वही साधन और साध्य दोनों हो जाता है।

फिर उन्हें यह भी अनुभव हुआ कि प्रेम मानवों में ही हो सकता है, पशुओं में नहीं। पशुओं का जीवन उनकी अन्तर्प्रवृत्ति के अनुसार चलता है, मानवों का उनकी मेधा के अनुसार। प्रेम मस्तिष्क को चीज़ न हो, हृदय की चीज़ होने पर भी केवल अन्तर्प्रवृत्ति नहीं, उससे परे की वस्तु है। वह यथार्थ में पवित्र है। काम-चेतना तो उसके साथ बहुधा इसलिए आ जाती है कि मनुष्यों के भी शरीर तो है ही।

समय पर ललितमोहन की बी० ए० की और इन्दुमती की इंटर की परीक्षा का नतीजा निकला। ललितमोहन ने बी० ए० प्रथम श्रेणी में और इन्दुमती ने इण्टर द्वितीय श्रेणी में पास किया था। इन्दुमती और ललितमोहन में से बुद्धि में कौन प्रखर है, इन्दुमती को इस सम्बन्ध में अभी भी कई बार सन्देह हो जाता था, पर अपने तथा ललितमोहन की परीक्षाओं के नतीजे के बाद अब इसमें भी कोई सन्देह न रहा। तो विश्व में एक व्यक्ति हर दृष्टि से उसके महान था, इसका उसे अन्तिम सबूत भी मिल गया; पर इससे इन्दुमती को दुःख न होकर उलटा हर्ष हुआ। वह अपने को ललितमोहन में विलीन कर चुकी थी। 'विश्व में निज का व्यक्तित्व ही सब कुछ है,' पिता के इस उपदेश को आज तो उसने विस्मृत-सा कर दिया था।

11

ललितमोहन ने पिता की सम्पत्ति में से एक फूटी कौड़ी भी न लेने का निश्चय कर लिया था। परन्तु, 'श्वसुरगृहनिवासे स्वर्गवासो धरायाम् को भी वह चरितार्थ न करना चाहता था। उसने मैट्रिक, इण्टर और बी० ए० तीनों ही प्रथम श्रेणी में पास किए थे। अब वह एम० ए० करना चाहता था। उसे आशा थी एम० ए० में भी प्रथम श्रेणी पाने की और इसके पश्चात् कहीं भी प्रोफेसरी मिल जाने की। पर सवाल था एम० ए० पास करने तक का। ये दो वर्ष भी वह लखनऊ रहकर नहीं पढ़ना चाहता था। उसकी इच्छा थी कानपुर में एक किराये का मकान लेकर इन्दुमती के साथ वहां रहने की और एक का आर्ट्स तथा दूसरे का साइन्स लेकर पढ़ने की। इन दो वर्षों का खर्च वह लड़कों को पढ़ा-पढ़ाकर चला लेगा, यह भी उसे उम्मीद थी।

ललितमोहन और इन्दुमती ने कानपुर में एक छोटे-से किराये के मकान में रहना आरम्भ किया। मकान साफ-सुथरा था; पर कहां रायबहादुर सेठ रामस्वरूप का महल तथा अवधबिहारीलाल का भवन, और कहां यह किराये का मकान ! जैसा मकान था वैसा ही सामान, वैसा ही जीवन।

ललितमोहन 'फिलासफी' एम० ए० में भर्ती हुआ और कुछ ही दिनों में साइकल पर चढ़ना सीखकर कॉलेज साइकल पर जाने लगा। इन्दुमती ने भी कॉलेज में नाम लिखा लिया, लेकिन न उसने अभी कॉलेज जाना शुरू किया और न साइकल पर बैठना ही सीखा।

कॉलेज खुलने पर अपनी एकाकी दुनिया से बाहर पैर रखते ही दुनिया में होने वाली घटनाओं पर फिर से ललितमोहन का ध्यान गया। इन्दुमती भी इस ओर आकर्षित हुई।

इन्दुमती को सन् 1916 की लखनऊ कांग्रेस से भारतीय राजनीतिक प्रश्नों से दिलचस्पी हो गई थी और अपने प्रेमी पति को हिन्दुस्तान के राजनीतिक विषयों

का ऐसा अच्छा विद्यार्थी पाकर उसके आनन्द की सीमा न रही। इन्दमती ने अपने मन में बार-बार कहा—'तो इनके और मेरे सार्वजनिक कार्यों की दिलचस्पी के भी एक ही क्षेत्र हैं। आह ! कैसा...कैसा महान है यह सम्बन्ध !'

परन्तु जहां इस दृश्य जगत् में सम्बन्ध रखने वाली बातों में इन्दुमती और ललितमोहन का मतैक्य था, वहां इस दृश्य जगत् के परे की वस्तुओं में मतभेद; और इस मतभेद का सबसे प्रधान विषय था ईश्वर का अस्तित्व।

पहली अगस्त, 1920 को महात्मा गान्धी ने असहयोग के सम्बन्ध में पहली हड़ताल-घोषणा की थी।

सितम्बर सन् 1920 में गांधीजी के असहयोग के कार्यक्रम पर विचार करने के लिए कलकत्ता में कांग्रेस का विशेष अधिवेशन हुआ।

अब इन्दुमती और ललितमोहन से भी घर बैठे-बैठे कांग्रेस के समाचार न सुने जा सके और ये दोनों भा कलकत्ता इस राष्ट्रीय महायज्ञ में अपनी आहुतियां चढ़ाने पहुंच गए।

इन्दुमती और ललितमोहन का भावी जीवन यहां से देश के लिए अर्पित हुआ। महान कृतियों का निर्णय जिस समय के बीच होता है वह समय युग, वर्ष, महीने, पक्ष, सप्ताह, दिन, घण्टे, क्षण न होकर सेकण्ड होते हैं। ललितमोहन और इन्दुमती को भी असहयोगी होने का निर्णय करने में सेकण्ड ही लगे।

जब इन्दुमती और ललितमोहन कानपुर लौटे तब उन्होंने अखबार में पढ़ा कि पहली जनवरी के उपाधि-वितरण में सेठ रामस्वरूप 'नाइट' बना दिए गए हैं और उनके सम्मान में कानपुर के राजभक्त लोग एक बड़ी भारी पार्टी का आयोजन कर रहे हैं।

तारीख 7 जनवरी, शनिवार को कानपुर के राजभक्त और प्रतिष्ठित कहे

जाने वाले समुदाय ने सर रामस्वरूप के सम्मान में पार्टी रखी थी।

इधर जितनी धूमधाम से पार्टी की तैयारी हो रही थी, उतने ही उत्साह से कांग्रेसवादियों ने उसके बॉयकॉट के लिए पिकेटिंग का प्रबन्ध प्रारम्भ किया। इस पिकेटिंग का नेतृत्व ललितमोहन के ज़िम्मे था। पिता के सरकार द्वारा सम्मानित करने के उपलक्ष्य में राजभक्तों द्वारा दी जाने वाली पार्टी का पिकेटिंग पत्र देशभक्तों को संग लेकर करने वाला है, यह खबर दावानल के सदृश सारे कानपुर नगर में ही नहीं, आसपास भी बहुत दूर-दूर तक फैल गई।

पार्टी कानपुर के सरकारी बाग में थी। ठीक समय के पहले ही मेहमानों का आना शुरू हो गया, क्योंकि पिकेटिंग के कारण पार्टी में पहुंचने में कुछ न कुछ देर अवश्य लगेगी, यह सब जानते थे और कमिश्नर साहब, कलक्टर साहब आदि जो राजभक्त पार्टी में आए हैं, यह देख-भर लें, इसके लिए सब अत्यन्त उत्कंठित थे। ज्योंही पाहुनों का आना शुरू हुआ, त्योंही पिकेटिंग भी शुरू हो गई। स्वयंसेवक पूर्ण शान्ति से हाथ जोड़-जोड़कर लोगों को पार्टी में जाने से रोकने लगे। ललितमोहन सारा प्रबन्ध देखते हुए इधर-उधर घूम रहा था। उसके साथ इन्दुमती भी थी। अन्य कोई स्त्री के न होने पर भी इन्दुमती का आना कभी रुक सकता था! जनता भी 'महात्मा गांधी की जय!' 'वन्दे मातरम्!' इत्यादि नारों से स्वयंसेवकों का उत्साह बढ़ा रही थी।

देखते-देखते स्वयं सेवकों की गिरफ्तारी शुरू हो गई। ललितमोहन हाथ जोड़-जोड़कर लोगों से शान्त रहने की प्रार्थना कर रहा था, तब वह भी गिरफ्तार कर लिया गया। उसे गिरफ्तार होते देख एक बार फिर नये जोश से इन्दुमती ने महात्मा गांधी की जय बोली और किस जोश से जनता ने उसका साथ दिया! अब वह बड़ी आतुर दीख पड़ती थी स्वयं भी गिरफ्तार होने के लिए, पर उसे गिरफ्तार नहीं किया गया।

कुछ रात गए पार्टी समाप्त हुई और दूसरे दिन से पिकेटिंग करने वाले स्वयंसेवकों पर जेल में ही मुकदमे चले। किसीको एक, किसीको तीन, किसीको छः महीने की सज़ा हुई; लेकिन ललितमोहन को पूरे दो साल की कड़ी कैद। उसके मुकदमे में इन्दुमती अपने माता-पिता के साथ मौजूद थी।

12

ललितमोहन की सज़ा के बाद अवधबिहारीलाल और सुलक्षणा ने इन्दुमती को लखनऊ ले जाना चाहा, पर ललितमोहन के कार्यों को करते रहना उसका कर्तव्य है, यह कह इन लोगों के लाख कहने पर भी वह लखनऊ नहीं गई। इन्दुमती कानपुर में रहकर कांग्रेस का काम तो करने लगी, पर उसे अब अपना घर खाने को दौड़ता-सा जान पड़ता था। ललितमोहन के साथ के कारण वह अवधबिहारीलाल का भवन और उद्यान आदि भूल गई थी और इस छोटे से मकान में मानसिक सुख से रहती थी। उसे इस घर में शारीरिक कष्ट न हुआ हो, यह बात नहीं। अब ललितमोहन के सामने न रहते ही इन्दुमती का मानसिक जगत् भी एकदम परिवर्तित-सा हो गया। उसे दसों दिशाएं शून्य-सी दिखाई पड़ने लगीं।

जब ललितमोहन को हिन्दुस्तान के राजनीतिक विषयों का एक अच्छा विद्यार्थी पाकर उसे आनन्द हुआ तब उसने अपने मन में बारबार कहा था—'तो इनके और मेरे सार्वजनिक कार्यों की दिलचस्पी के भी एक ही क्षेत्र हैं! आह! कैसा...कैसा महान है यह सम्बन्ध!' उसके बाद तो यह क्षेत्र केवल दिलचस्पी का क्षेत्र ही न रह गया था, दोनों ने इस क्षेत्र में काम करना आरम्भ कर दिया था। अभी भी देश में आन्दोलन चल रहा था। ललितमोहन उसी कार्य के कारण जेल गया था। इन्दुमती कांग्रेस की एक कार्यकर्त्री थी, पर ललितमोहन के जाने के कुछ दिन बाद इन्दुमती को जान पड़ने लगा कि

समाचार जानते रहने और दर्शक के रूप में कांग्रेस अधिवेशन तथा नेताओं आदि को देखने के सिवा देश के कार्य को स्वयं करने की उसे कोई मानसिक प्रेरणा न थी, वह ललितमोहन के साथ खिंची हुई चली जा रही थी। और ज्योंही उसके मन में यह बात उठी, त्योंही उसे अपने पिता के उपदेश का स्मरण आ गया। उसने अपने-आपसे कहना आरम्भ किया—'ठीक, बाबूजी का कथन ही ठीक है। यथार्थ में विश्व में निज का व्यक्तित्व ही सब कुछ है।'

एक दिन इन्दुमती किंकर्तव्यविमूढ़-सी अपने मकान में बैठी हुई थी कि एक तार वाला तार लेकर पहुंचा। तार खोलकर उसने जो कुछ पढ़ा उसे पढ़कर वह बैठी न रह सकी, एकदम खड़ी हो गई। उसकी मां का तार था। अवधबिहारीलाल की सख्त बीमारी की उसमें खबर थी।

पहली ट्रेन से वह लखनऊ पहुंची और जब तक अपने मकान पर न पहुंच गई तब तक पूरे होश में थी या नहीं, यह संदिग्ध था। भड़भड़ाती हुई वह मकान में घुसी। नौकरों से उसे मालूम हुआ कि वकील साहब को लकवा मार गया है। वे न हिल-डुल सकते हैं, न बोल। हां, देख-सुन सकते हैं।

बेटी को देख वकील साहब के नेत्रों में जल छा गया। सुलक्षणा के आंसू बह पड़े और इन्दुमती भी रोए बिना न रह सकी।

कुछ देर बाद इशारा कर बड़ी कठिनाई से अवधबिहारीलाल ने अपना ज़रूरी कागज़ात वाला एक छोटा-सा सन्दूकचा मंगवाया और उसमें से बायें हाथ से एक बड़ा-सा लिफाफा निकाल इन्दुमती को दिया। लिफाफे पर लिखा हुआ था 'वसीयतनामा'।

इन्दुमती ने लिफाफा ले लिया और उसे शलूके में रखते हुए बोली—"क्या वाहियात बातें सोच रहे हैं आप, बाबूजी! अरे ! दोचार दिन में आपकी तबियत ठीक होती है।" जब इन्दुमती यह वाक्य कह रही थी तब उसने देखा कि वकील साहब का मुख एका एक लाल हो रहा है और

उसका वाक्य पूरा होते-होते तो वकील साहब का शरीर ज़ोर से कांपकर एकदम शांत हो गया। सुलक्षणा चिल्ला उठीं। वकील साहब ने यह लोक छोड़ दिया था।

अवधबिहारीलाल की मृत्यु ने सुलक्षणा तथा इन्दुमती दोनों के जीवन की नींव को झकझोर-सा दिया। जब घड़ी का चलना एकाएक रुक जाता है तब उसे हिला देने या छोटा-मोटा धक्का लगा देने से वह पूर्ववत् चलने लगती है, परन्तु यदि उसे ज़ोर से झकझोरकर पटक दिया जाए तो नतीजा ठीक इसके विपरीत निकलता है। यही हाल अवधबिहारीलाल की मृत्यु के धक्के ने सुलक्षणा तथा इन्दुमती का किया। उनका सारा जीवन स्थिर हो गया; उसमें कहीं कोई प्रवाह दृष्टिगोचर न होता था।

मृत्यु निष्क्रियता की सबसे बड़ी प्रतीक है। वह मृतक को तो निष्क्रिय बना ही देती है, किन्तु जिस गृह में उसका आगमन होता है, वहां भी निष्क्रियता का राज्य हो जाता है। अवधबिहारीलाल के गृह की इस समय ऐसी ही दशा थी। परन्तु मृत्यु जैसी निष्क्रियता की प्रतीक है, वैसा ही जीवन सक्रियता का। अतः सदा के लिए मृतक ही निष्क्रिय हो सकता है, जीवित नहीं, इसीलिए जो जीवित हैं, उनके कार्यों द्वारा मृत्यु के निष्क्रिय राज्य का अन्त होकर शीघ्र ही फिर से जीवन का सक्रिय राज्य स्थापित हो जाता है। हर जन्मे हुए को एक दिन मरना है, इसलिए इस लोक का नाम चाहे मृत्युलोक हुआ हो, किन्तु यथार्थ में यह नाम गलत है। एक तो हर दिन मरने वालों से जन्म लेने वालों की संख्या अधिक, दूसरे जितने मरते हैं, उनसे जीवित रहने वाले कहीं ज़्यादा। इसलिए इस लोक का नाम होना चाहिए जीवनलोक, मृत्युलोक नहीं। इस लोक में यथार्थ में निष्क्रियता को नहीं, सक्रियता को महत्त्व है।

'मानसिक घाव भरने का सबसे बड़ा चिकित्सक समय है।' यह संसार के

सबसे बड़े और सबसे सत्य अनुभवों में से एक अनुभव है। समय ने सुलक्षणा और इन्दुमती दोनों के हार्दिक घावों को भरना शुरू किया।

इन्दुमती ने पिता का वसीयतनामा भी पढ़ लिया। उसे पिता से लाखों की सम्पत्ति मिली थी। अब वही पिता के भवन, उद्यान, धन, सम्पत्ति, सबकी मालिक थी। वह कानपुर अब न लौटना चाहती थी। वहां का मकान और नौकर-चाकर उसने वैसे ही रखे, पर माता के शोक में उनके पास रहना उसका कर्तव्य है, इसी दलील पर वह लखनऊ में रहने लगी। अभी भी वह खादी पहनती थी, लेकिन खादी पहनने और अखबारों में कांग्रेस की खबरें पढ़ने के सिवा अब कांग्रेस के कार्यों से उसका प्रत्यक्ष में कोई सम्बन्ध न रह था।

13

इन्दुमती ने ललितमोहन से जेल में मिलने के लिए उचित समय पर जो दरख्वास्त भेजी थी, कानपुर जेल सुपरिंटेण्डेण्ट के यहां से उसकी मंज़ूरी तथा नियत तारीख की सूचना आते ही इन्दुमती वज़ीरअली को साथ ले कानपुर पहुंची। मुलाकात सिर्फ रिश्तेदारों से हो सकती थी, अतः वज़ीरअली रोक दिया गया। दोनों ने जेल वालों को लाख समझाने की कोशिश की कि वे धर्म के भाई-बहन हैं, पर मुसलमान-हिन्दू भाई-बहन हो सकते हैं, इसे जेल वाले काहे को मानने चले ? अकेली इन्दुमती ललितमोहन से मिलने लाई गई।

जब इन्दुमती ने ललितमोहन को देखा तब वह तो अवाक् रह गई। क्या यह वही ललितमोहन था ? बालों से रहित सिर ! मांस से रहित शरीर ! तेज से रहित मुख ! मृत्यु उसके पिता के जीवित और मृत देह में कोई अन्तर न कर सकी थी, लेकिन जेल ने जीवित ललित को मुर्दे से भी बदतर बना दिया था। इन्दुमती ललितमोहन को देखकर अपने को न संभाल सकी, वह रो

पड़ी। ललितमोहन उसे समझाने लगा।

ललितमोहन की अगली मुलाकात में इन्दुमती ने ललितमोहन से अपना फिर से कॉलेज जाने का इरादा बताया। ललितमोहन ने सोचकर उत्तर दिया—"अब फरवरी का महीना तो आ ही गया। दो महीने के लिए कॉलेज जाने से क्या फायदा होगा ? जाना ही हो तो अगली जुलाई से जाना। लेकिन तुम्हें जीवन नीरस और सूना ज़रूर मालूम होता होगा, इसलिए सबसे अच्छी बात यह होगी कि अभी तुम किसी अच्छे क्लब की मेम्बर हो जाओ।"

इन्दुमती को ललितमोहन की यह राय बहुत पसन्द आई और वह लखनऊ लौटते ही वज़ीरअली की मार्फत 'रफाए आम' क्लब की मेम्बर हो गई।

एक दिन इन्दुमती दोपहर का भोजन कर बैठी-बैठी उंगलियों की पोरों पर ललितमोहन के छूटने की तारीख गिन रही थी। ललितमोहन के छूटने की ठीक तारीख न मालूम होने पर भी, हिसाब लगा रही थी कि कितने दिन माफी के कटकर अन्दाज़न किस तारीख को ललितमोहन छूटेगा। उसी समय एक तार वाले ने उसे एक तार लाकर दिया। तार खोलकर एक सेकण्ड पढ़ने के बाद वह बैठी न रह सकी। इसी तरह पिता की बीमारी का तार पाकर वह न बैठ सकी थी, पर क्रिया वही होने पर उस वक्त और इस समय में उसकी मुद्रा में आकाश-पाताल का अन्तर था, दिन-रात का फर्क। उस वक्त उसके मुख पर एकाएक दुःख और चिन्ता ने कब्ज़ा कर लिया था, इस समय हर्ष और उत्साह ने।

बच्चों के समान दौड़ती हुई वह सुलक्षणा की ओर चली और उनके कमरे में घुसने के पहले ही ज़ोर-ज़ोर से पुकारना शुरू किया—"मां ! मां ! मां ! मां !" सुलक्षणा यह सोच कि क्या कोई भयानक घटना हो गई है, झपटकर कमरे के बाहर ही निकल रही थीं कि इन्दुमती ने आंधी के समान

कमरे के दरवाज़े में प्रवेश किया। सुल क्षणा आंधी के वेग में गिरने वाली तरु-शाखा के सदृश कांप-सी गईं और कठिनाई से गिरते-गिरते बचीं। इन्दुमती झपटकर मां से लिपट गई। उसके मुंह से कठिनाई से ये शब्द निकल रहे थे—"वे...वे छूट...छूट गए, मां...छूट गए !"

माता से कानपुर जाने की आज्ञा मांग इन्दुमती ने ड्राइवर को बुलवाया।

जब मोटर उसके मकान पर पहुंची तब किस तरह मोटर से उतर तथा सीढ़ियों पर चढ़कर वह ललितमोहन के कमरे में पहुंची, यह उसे खुद ज्ञात न था। वहां पहुंचते ही झपटकर वह ललितमोहन से लिपट गई। लगभग बीस, हां बीस महीनों के बाद उसे उस वक्षस्थल, उन भुजाओं का आश्रय मिला था और ये बीस महीने इस समय उसे बीस वर्षों, बीस युगों, अरे बीस जन्मों के समान जान पड़ते थे ! मुस्कराते-मुस्कराते उसने ललितमोहन को देखना शुरू किया।

यह क्या, ललितमोहन के जो हाथ उसकी पीठ को सहला रहे थे, वे क्या सूजे हुए थे ? एकाएक उसकी नज़र ललितमोहन के पैरों पर पड़ी। वे भी सूजे थे और अब उसने हठात् ललितमोहन का मुख देखा। वहां भी सूजन थी। उसकी वह मुस्कराहट लुप्त हो गई। वह आश्चर्य, भय और चिन्ता—तीनों के कारण एकदम नितान्त स्तब्ध-सी रह गई।

बीमारी के कारण ललितमोहन की रिहाई की खबर सारे शहर में फैल गई और दूसरे दिन प्रातःकाल से उसका स्वास्थ्य देखने के लिए उसके मकान पर एक खासी भीड़ जमा रहने लगी।

उसकी बीमारी की खबर सर रामस्वरूप को भी पहुंची। इन चार, साढ़े चार साल में सर रामस्वरूप बहुत ही बुढा गए थे, इन बीस महीनों में तो बहुत अधिक।

सेठजी से मुनीम ने पूछा—"मुनीम जी, थे जानो हो,बो कठे रहे हैं ?"

मुनीम बोला—"ललितमोहन को घर जानू हूं। कानपुर में कुण नहीं जाने ?"

"तो ले चलो मुझे वहां। कपूत होवे या सपूत, लकड़ी तो बीं की लागसी तोई मैं सरग जासूं।"

ललितमोहन के स्वास्थ्य पूछने आने वालों में से आखिरी मनुष्य अभी-अभी गए थे। उसी समय बाहर एक मोटर खड़ी होने की आवाज़ आई। ललितमोहन ने इन्दुमती से बत्ती खोलने को कहा ही था और उसने बत्ती खोली ही थी कि धड़धड़ाते और यह कहते हुए, "कठे....कठे है वो ?" सेठजी ने कमरे में प्रवेश किया।

पिता की आवाज़ पहचानने में ललितमोहन को कठिनाई न हुई और वह हड़बड़ाकर खड़े हो कुछ आगे बढ़ा। पर उसने अपने सामने यह किसे देखा ? वही क्या उसके पिता थे ? ललितमोहन कुछ तो रुका, पर फिर शीघ्रता से उसने उनके पैरों में सिर रख दिया। बूढ़े। रामस्वरूप ने उसे उठाकर हृदय से लगा लिया और उनके नेत्रों से आंसुओं की झड़ी लग गई। ललितमोहन ने इसके पहले कभी पिता की आंखों में आंसू न देखे थे। आह, कितना परिवर्तन था पिता के स्वरूप और व्यवहार दोनों में ! ललितमोहन बोला–"आप कैसे हो गए, काकाजी ?यह वाक्य कहते-कहते ललितमोहन के भी आंसू निकल पड़े।

"तो तू समझे थो कि थारे सूं अलग होकर मैं और कोई तरह को हो सकूं हैं ?" कितना मर्म था रामस्वरूप के स्वर और इस वाक्य में ! "थारी तबियत कैसी है ?" कुछ रुककर उन्होंने फिर कहा।

"कोई खास बात नहीं है। ठीक हो जाऊंगा।"

आंखें फाड़-फाड़कर ललितमोहन को बार-बार सिर से पैर तक देखते हुए सेठजी बोले—"खास बात नहीं है? मुंह सूजा है, हाथपैर सूजे हैं और तू कहता

है कोई खास बात नहीं !"

उपर्युक्त बात कहते-कहते रामस्वरूप की दृष्टि इन्दुमती पर पड़ी, जो सिर नीचा किए हुए एक ओर सिकुड़ी-सिकुड़ी-सी खड़ी थी। कमरे में दो ही दरवाज़े थे—एक बाहर से आने के लिए और दूसरा अन्दर के कमरे में जाने के लिए। सेठजी, ललितमोहन और मुनीम इस तरह खड़े हुए थे कि इन्दुमती को न बाहर जाने को रास्ता था और न भीतर, इसलिए वह खड़ी रह गई थी। किसी बाहरी व्यक्ति से उसे लज्जा भी न आती थी, पर न जाने सर रामस्वरूप को जानने के बाद वह क्यों सकुच-सी गई थी !

सेठजी ने इन्दुमती के पास जाते-जाते कहा, "बींदनी ये ही है!"

कोई कुछ न बोला, पर इन्दुमती को रामस्वरूप के पैर छूने के सिवा अब और रास्ता ही क्या था ? जब वह पैर छू चुकने पर चुपचाप फिर उसी प्रकार खड़ी हो गई तब सेठजी ने उसकी ठुड्डी पकड़ उसका मुंह रोशनी की ओर करते तथा गौर से चेहरा देखते हुए कहा—"तू तो परदा नहीं करती न ? जलूसों में जाती है। सभाओं में भाषण देती है। हमारे यहां भी सुसरा एक बार तो बहू का मुंह देखता है।" कुछ रुककर वे फिर बोले—"फूटरी घणी फूटरी बींदनी है !

उस कारुणिक दृश्य में भी ऐसा कोई न था, जिसे हंसी न आ गई हो !

अब सेठजी ने नौकर की ओर घूमकर कहा-"सारा सामान महल को ले आ। खबरदार इस मकान में एक चिन्धी भी छोड़ी, तो..." और फिर उन्होंने इन्दुमती से कहा—"चल, पहले तू मोटर में बैठ, फिर ललित बैठेगा।"

इन्दुमती ने ललितमोहन की तरफ देखा। सर रामस्वरूप से यह छिपा न रहा और उन्होंने बिगड़कर कहा—"उसकी तरफ क्या देखती है ? क्या मैं कोई भी नहीं हूं ?" और फिर ललितमोहन की ओर देखकर बोले—"चलो, तुम भी चलो।"

ललितमोहन को वही पुराना प्रदेशमय स्वर सुन पड़ा, जिसका पालन उसने सिद्धान्त की निश्चित की हुई बातों के सिवा सदा-सर्वदा बिना एक क्षण रुके किया था। आगे-आगे ललितमोहन, उसके पीछे इन्दुमती और उसके पीछे सेठजी थे। सेठजी ने ड्राइवर को पहले मन्दिर जाने का हुक्म दिया।

इन्दुमती जीवन में पहली बार किसी भी मन्दिर में आई थी। और यह क्या ? आंखों में आंसू भर, हाथ जोड़ इन्दुमती कितने भक्तिभाव से दर्शन करने में निमग्न हो गई ! उसके होंठ भी चल रहे थे। वह प्रार्थना कर रही थी, जीवन में पहली प्रार्थना, ललितमोहन के आरोग्य के लिए!

और ललितमोहन कर रहा था उस समय निष्काम साष्टांग दण्डवत्।

जब मोटर सेठजी के महल पर पहुंची और सेठजी ने अपने पुत्र और पुत्रवधू के साथ महल में प्रवेश किया तब कितना हर्ष था उन्हें ! मानो उनके घर में पुत्रवधू-सहित एक नये पुत्र ने जन्म लिया था !

अब तक इन्दुमती न ईश्वर को मानती थी, न धर्म-कर्म को; लेकिन मन्दिर में जाते ही हठात् न जाने कैसे उसके मन में एक नये विश्वास की उत्पत्ति हुई। उसने निश्चय किया नित्य मन्दिर जाने का, मांग में सिन्दूर भरने का, ललाट पर टिकली लगाने का, हाथों में कांच की चूड़ियां पहनने का और पूरी-पूरी श्रद्धा के साथ हर रविवार को व्रत रखने तथा सूर्य-पूजन करने का।

ललितमोहन की बीमारी के सम्बन्ध में मेडिकल कालेज की सारी रिपोर्ट से गुरदे की बीमारी का समर्थन हुआ।

14

ललितमोहन का इलाज हुआ, पहले कानपुर में, फिर कलकत्ता में, तदुपरान्त जयपुर में। कभी लाभ हो जाता, पर फिर तबियत बिगड़ती। कश्मीर में वायु-परिवर्तन भी किया गया, पर जब फिर भी वह स्वस्थ न हुआ तब यूरोप

जाने का विचार किया जाने लगा।

वज़ीरअली, जिसके ज़िम्मे इस यूरोप-यात्रा का सारा प्रबन्ध किया गया था, एक दिन इन्दुमती से बोला—"बहन, ललित ज़रूर अच्छे हो जाएंगे, इसमें मुझे ज़रा भी शक नहीं है। तुमने यूरोप जाने की जो तजवीज़ की है वह एकदम मौज़ू बात हुई। बात यह है कि वहां के डाक्टरों और यहां के डाक्टरों का कोई मिलान नहीं हो सकता।"

ललितमोहन की बीमारी अधिक ही होती जा रही थी। यूरोप जाने की सारी तैयारी हो चुकी थी, पासपोर्ट मिल गए थे, जहाज़ का प्रबन्ध हो गया था, पर अब ललितमोहन की ऐसी हालत न थी कि वह मुसाफिरी कर सके, अतः उसकी तबियत में सुधार का रास्ता देखा जा रहा था। सारी बाह्य निराशाओं पर भी आशा की अन्तर्धारा अभी भी बह रही थी। जिस प्रकार हिमालय पर की नदियों का पानी जाड़े में ऊपर से बर्फ हो जाने पर भी उस बर्फ के नीचे धारा बहती रहती है, वही हाल आशा की इस अन्तर्धारा का था।

ललितमोहन का कष्ट बढ़ता ही जाता था। पर इस सारे कष्ट में उसका एक अवलंब नष्ट नहीं हुआ था। वह था उसका ईश्वर के अस्तित्व में विश्वास। धीरे-धीरे जैसे-जैसे कष्ट बढ़ता जाता था वैसे-वैसे वह विश्वास भी।

प्रबोधिनी एकादशी को ललितमोहन ने यह शरीर छोड़ दिया।

आज रामस्वरूप के महल का दृश्य शोक और सन्ताप का मूर्तिमन्त रूप था। ललितमोहन के शव के साथ हज़ारों की भीड़ थी। देश के लिए धन-सम्पत्ति के साथ-साथ उसने अपना शरीर भी बलिदान कर दिया था। जनता ने इस विदेशी सरकार को उसका 'खूनी' घोषित किया और ललितमोहन शहीद हो गया।

15

इन्दुमती को ललितमोहन की मृत्यु से ऐसी ठेस लगी कि वह तो पागल ही हो गई।

सुलक्षणा, जो ललितमोहन की सख्त बीमारी के कारण कानपुर आ गई थीं, उन्होंने ललितमोहन की तेरहवीं के बाद लखनऊ लौट जाना चाहा, पर बेटी की यह हालत देख लखनऊ जाना उनके लिए एक समस्या हो गया।

पहले कुछ दिनों तक ऐसा जान पड़ा कि इन्दुमती का पागलपन बढ़ता ही जा रहा है। सेठजी के कौटुम्बिक डाक्टर ने उसे देखकर दवाएं भी दीं, पर किसी दवा का कोई असर न दीख पड़ा।

कुछ समय पश्चात् इन्दुमती की हालत में एकाएक एक परिवर्तन हुआ। उसका रोना, हंसना, अन्य बातें, कृतियां सब बन्द हो गई और वह एकदम चुप रहने लगी। इस चुप्पी में वह किसी को पहचानती या नहीं, यह भी कहना कठिन था।

इन्दुमती की यह नितान्त अकर्मण्य अवस्था भी बहुत दिन न चली और अब उसने रोना—केवल रोना शुरू किया। कितना...कितना वह रोती ! आंसू से अधिक अनवरत बहने वाली और आंसू से अधिक जल्दी सूखने वाली दुनिया में शायद कोई चीज़ नहीं। इन आंसुओं ने उसके स्मृति-पटल को मानो धोना आरंभ किया और ऐसा जान पड़ने लगा जैसे वह अपने चारों ओर की स्थिति को पुनः समझने का प्रयत्न कर रही है।

जिस प्रकार बच्चे धीरे-धीरे अपनी मां को पहचानना प्रारम्भ करते हैं उसी प्रकार पहले इन्दुमती ने सुलक्षणा को पहचाना फिर अपनी सारी परिस्थिति को।

एकाएक उसे अपने पिता का कथन कि 'विश्व में निज का व्यक्तित्व ही सब कुछ है' याद आने लगा, वही कथन जो इतने दिनों में वह सर्वथा भूल गई थी। अब जब भी होश में आती, सबसे पहले उसे अपने पिता का यह

कथन स्मरण आता। इस समय 'विश्व में निज का व्यक्तित्व ही सब कुछ है' यह वाक्य उसे होश में रखने के लिए जितनी मदद करता, उतनी अन्य कोई वस्तु नहीं।

उसके मन में उठा—'विश्व में निज का व्यक्तित्व जो सचमुच ही सब कुछ है, उसी व्यक्तित्व को मैंने किसी तरह नष्ट कर दिया था; मैं जो अपने को ज्ञान की ज्योति मानती, गिरते-गिरते ऐसे-ऐसे अन्ध गर्त में गिरी कि कहां हूं—इसका पता मुझे स्वयं को ही न रह सका! ऐसी बेहोशी ! ऐसी विक्षिप्तता ! इन पांच, साढ़े पांच वर्षों के पहले मैंने अपने सामने किसीको महत्त्व न दिया था और वही ठीक था। पिताजी का कथन कितना सत्य है ! त्रिलोकीनाथ के प्रति भी मेरा आकर्षण हुआ था, पर किसी तरह उसे रोक मैं अपने को ठीक पथ पर लाई। ललितमोहन का आकर्षण मैं न संभाल सकी ; बह गई। जो विवाह न करने का निश्चय कर बैठी थी, वही किया। और फिर अपने व्यक्तित्व को भूल इस प्रकार अपने-आपको ललितमोहन में विलीन कर दिया ! क्या फल निकला इस तरह व्यक्तित्व के लीन करने का ? सारा ज्ञान चला गया। सारी बुद्धि नष्ट हो गई। जो मैं कभी न रोई थी वह रुदन की नदी बन गई। जब पहले-पहल वह लखनऊ आकर लौटा, स्टेशन पर आंसू प्रारम्भ हुए और फिर तो धीरे-धीरे उनका ऐसा पूर आया कि उन्होंने मुझे डुबो ही दिया। इस तरह ज्ञान का और बुद्धि का नाश हुआ कि मैंने जो प्रार्थना अपने इन्फ्लूएंज़ा की बीमारी के वक्त तक नहीं की थी, वही मन्दिर के पत्थर की मूर्ति के सामने प्रारम्भ की। आकाश के सूर्य की उपासना आरम्भ की। निर्जीव पत्थर प्रार्थना सुनकर क्या कर सकता है ? वह सूर्य जो स्वयं जल रहा है, चौबीसों घण्टे, निरन्तर जिसमें लपटें निकल रही हैं, वह दूसरे की जलन कैसे दूर करता ? अनुष्ठानों के ढोंग और मंत्र-तंत्र तथा झाड़-फूंक तक में यकीन ! मांग में सिन्दूर, ललाट पर टिकली, पैरों में महावर, पायज़ेब और बिछिया सौभाग्य के रक्षक ! और सौभाग्य क्या चीज़ है? विवाह-संस्था में

विश्वास न रखने वाले का सौभाग्य में विश्वास ! भौतिक पदार्थमय यह सारा विश्व। सब भौतिक पदार्थ असंख्यों परमाणुओं का संग्रह। और हर परमाणु में उदअणु तथा निअणु के कारण निरन्तर गति। ललितमोहन इन परमाणुओं का सुन्दर संग्रह था, सुन्दरतम। उदअणु और निअणु की गति में या परमाणुओं की स्थिति में कोई विकृति होने के कारण, जो विकृति हर भौतिक पदार्थ में किसी न किसी समय होती ही है, और जिसे ठीक करने का अब तक विज्ञान कोई उपाय नहीं निकाल सका, वह नष्ट हो गया। मैं क्या भौतिक पदार्थ का वैसा ही सुन्दर...सुन्दरतम संग्रह नहीं हूं ? एक दिन मैं भी नष्ट हो जाऊंगी। पर, तब तक शायद विज्ञान उस उपाय को निकाल ले जिससे मेरा नष्ट होना बच जाए, और यदि नष्ट भी होना है तो नष्ट होने तक ? अपने को ही केन्द्र मानकर सब कुछ अपने लिए करना चाहिए और संसार की समस्त वस्तुओं को अपने आनन्द के लिए साधन मानना। ललितमोहन को मैंने वचन भी तो दिया है कि उसके अधूरे कामों को मैं पूरा करूंगी, लेकिन इसी के साथ पिताजी को भी आश्वासन दिया था कि 'निज का व्यक्तित्व ही सब कुछ मानूंगी। ललितमोहन के कार्यों में मुझे भी रस था। वह काम करूंगी, पर... पर करूंगी अपने...हां, अपने लिए।'

इन्दुमती को पूर्ण रूप से स्वस्थ होते-होते छः महीने के ऊपर लग गए। सुलक्षणाने कुछ निश्चिन्त हो सेठजी से लखनऊ जाने के लिए कहलाया। सर रामस्वरूप सुलक्षणा के जाने में क्या आपत्ति कर सकते थे, पर जब उन्होंने देखा कि इन्दुमती सुलक्षणा को पहुंचाने स्टेशन जा रही है, तब उन्होंने सुलक्षणा को धीरे से कहला दिया कि उनके समाज के नियमों के अनुसार कम से कम एक वर्ष तक विधवा घर से नहीं निकल सकती। सुलक्षणा ने इन्दुमती को समझा दिया, वह स्टेशन तो नहीं गई, पर उसके मन में एकदम उथल-पुथल-सी मच गई। 'विधवा ! कैसी विधवा? निज के व्यक्तित्व को सब कुछ समझने वाली मैं अपने को अन्य विधवाओं के

समान विधवा कैसे समझ सकती हूं ?

इसी उधेड़बुन में वह लगी रही कि उसे क्या करना चाहिए। अन्त में उसने लखनऊ जाना तय किया। दूसरे दिन जब सर रामस्वरूप मन्दिर गए हुए थे तब उसने मोटर मंगा, मोटर से लखनऊ प्रस्थान कर दिया।

इन्दुमती फिर से कांग्रेस की मेम्बर हो गई, क्योंकि ललितमोहन ने 1920 से कांग्रेस का ही काम किया था और उसके अधूरे काम को पूरा करने का अर्थ कांग्रेस में ही काम करना था। इस वर्ष दिसम्बर में कांग्रेस का अधिवेशन कानपुर में होनेवाला था। इस अधिवेशन को सफल बनाने के लिए जो कुछ इन्दुमती से हो सका, उसने करने का प्रयत्न प्रारम्भ कर दिया।

इन्दुमती ने यद्यपि ललितमोहन को नित्य के जीवन से निकालकर अपने रोज़मर्रा के काम करने की कोशिश की थी, परन्तु उसने देखा कि वह अपने यत्न में सफल नहीं हो रही है। जब-जब उसका मन ललितमोहन की तरफ खिंचता, वह बार-बार उसे समझाती—'आखिर वह क्या था ? अगणित परमाणुओं का संग्रह ही न ?' पर उसके निरन्तर प्रयत्न करते रहने पर भी वह उसी अगणित परमाणुओं के संग्रह की ओर मुड़ जाता। जब इन्दुमती किसी काम में लगी रहती, किसी से बातें करती रहती, तब तक तो गनीमत रहती, यद्यपि उस वक्त भी उसे ललितमोहन अनेक बार याद आ जाता, पर जब उसे कोई काम न रहता था, जब उसके पास कोई न होता, तब तो उसका मन ललितमोहन से हटता ही नहीं।

कभी-कभी इन्दुमती ललितमोहन के संस्मरणों से भी अत्यधिक बेचैन हो उठती, तब वीणा उठाती, सितार छेड़ती, हारमोनियम धोंकती, पर उस वक्त भी उसे गान याद आते विप्रलम्भ के ही। कई बार वह चित्र बनाने की कोशिश करती, पर चित्र आपसे-आप बनने लगता ललितमोहन का। धीरे-धीरे उसे

ऐसा जान पड़ा कि ललितमोहन के चित्र बनाने से उसे एक तरह की शान्ति मिलती है।

ललितमोहन के सम्पर्क के पूर्व उसे अपने-आप एक सूनेपन का अनुभव होने लगा था। ललितमोहन के संग ने इस शून्यता को भरा था। जब वह जेल गया, तब वही शून्यता फिर आई, पर उस शून्यता को कुछ दिनों बाद ललितमोहन के संस्मरणों ने भरा। ललितमोहन का चिर-वियोग फिर उस सुनेपन को लाया; यद्यपि यह सूनापन, सूनापन होते हुए भी पहले की शून्यताओं से भिन्न था। इसने उसे पागल बना दिया। स्वस्थ होने के बाद प्रयत्न करने पर भी वह इस नये सूनेपन को दूर न कर सकी। पर उसने देखा ललितमोहन के ये चित्र इस शून्यता को कम से कम कुछ दूर तक आपसे-आप भर रहे हैं।

साढ़े ग्यारह महीने में वार्षिक श्राद्ध होता है। कार्तिक कृष्ण एकादशी को कानपुर में ललितमोहन की बरसी थी। सर रामस्वरूप ने गत छः मासों में यद्यपि इन्दुमती को कानपुर न बुलाया था, तथापि बीच-बीच में इन्दुमती के कारिन्दे के पास सेठजी का इन्दुमती के कुशल समाचार जानने के लिए पत्र आता रहता था और इसके उत्तर में कारिन्दे से ही इन्दुमती भी सेठजी का स्वास्थ्य पूछते हुए पत्र लिखवाती रहती थी। ललितमोहन की बरसी पर उन्होंने उसे बुलाया। इसका एक बहुत बड़ा कारण था, जो इन्दुमती को श्राद्ध के पश्चात् मालूम पड़ा।

बरसी से निपटकर सर रामस्वरूप बहू के पास आए और रोते हए बोले—“मेरे करम तो फूटने वाले थे सो फुट चुके, पर अब तेरी ज़िन्दगी कैसे बीतेगी, यह सवाल मुझे और पीड़ा पहुंचा रहा है।”

इन्दुमती ने कोई उत्तर न दिया। यद्यपि उसने संकल्प-सा कर लिया था कि वह अब कभी न रोएगी, फिर भी सिर नीचा किए हुए वह रो रही थी।

कुछ रुककर सेठजी ने कहा—"बींदनी, बन्द घरों के दरवाज़े खोलना ही पड़ते हैं। मैं अब कितने दिनों का, सत्तर के आस-पास पहुंच रहा हूं।"

इन्दुमती फिर भी चुप थी। सर रामस्वरूप उसे किधर लिए जा रहे थे, यह उसकी समझ में न आ रहा था।

कुछ ठहरकर सेठजी फिर बोले—"अगर आज तेरी गोद भरी होती, ललित की निशानी...उसका छोटा-सा बच्चा भी होता..." रामस्वरूप पूरी बात न कह सके, उनका गला रुक गया।

इन्दुमती एकदम चौंक पड़ी। उसके मन में सेठजी की बात रुक-रुककर उठने लगी—'मेरी गोद भरी होती...ललित की निशानी...उनका छोटा-सा बच्चा भी होता!'

कुछ देर निस्तब्धता रही। सेठजी गला साफ करते हुए बोले—"ऐसी हालत में परायों से भी घर भर जाता है, दुनिया में होता ही आया है, बींदनी!"

फिर इन्दुमती के मन में रुक-रुक कर सेठजी की बात उठने लगी—'परायों से घर भरा जाता है। दुनिया में होता ही आया है।'

सेठजी ने फिर कहा—"किसीको तेरी गोद में बैठना ही होगा और तुझे करना होगा उसका पालन-पोषण। स्त्री मां, बाप, धनी और लड़के के सहारे ही रह सकती है। नहीं तो क्या होगा तेरी ज़िन्दगी का, क्या होगा इस सारी धन-सम्पदा का और कैसे चलेगा मेरा नाम?"

इन्दुमती को मौन देखकर सेठजी ने फिर कहा—"सोच ले, बींदनी, लखनऊ जाकर अपनी मां से भी विचार ले। सोचकर जवाब भेज देना।"

कानपुर में कांग्रेस अधिवेशन के बाद ही चुनाव की तैयारियां आरम्भ हुईं। इन्दुमती कांग्रेस की तरफ से प्रान्तीय असेम्बली की मेम्बर हो गई।

16

इन्दुमती का लखनऊ का जीवन उसी प्रकार चल रहा था जिस तरह पति की मृत्यु के बाद उसने वहां का जीवन प्रारम्भ किया था। नित्य प्रति के उसके कार्यक्रम में दो चीज़ें मुख्य रहती थीं—क्लब जाना और ललितमोहन के चित्र बनाना। वह इन चित्रों के सामने बैठकर गाने भी गाती। कौंसिल उसके जीवन में एक नई चीज़ और आ गई थी।

फरवरी का अन्त हो रहा था। हेमन्त बीतकर शिशिर ऋतु चल रही थी, वृक्ष पत्ते झड़ा रहे थे। पीपल, नीम, अंजन, अमलतास आदि सबके पत्ते झड़ रहे थे। इन्दुमती का उद्यान भी सूखी पत्तियों से रोज़ भर-सा जाता। एक दिन इन्दुमती अकेली उद्यान में एक कुण्ड के समीप बैठी-बैठी इन शुष्क पल्लवों का झड़ना देख रही थी, साथ ही वह कुण्ड की मछलियों को आटे की गोलियां खिला रही थी। इन्दुमती कभी गिरी और पड़ी हुई पत्तियों को देखती तथा कभी चपल और सजीव मछलियों को। एकाएक उसकी नज़र पल्लवों से सर्वथा रहित वृक्षों पर पड़ी। उसके मन में उठा—'बहुत जल्दी पीपल कैसे चौड़े-चौड़े, हरे कच्छ पत्तों से भर जाएगा ! नीम की कैसी कोमल-कोमल पत्रावली निकल आएगी ! अंजन के झूमरों के समान कितने पत्ते उगेंगे ! और अमलतास में तो बिना पत्तों के ही पीले-पीले फूल और लम्बी-लम्बी फलियां निकलेंगी। शिशिर में उद्भिज सृष्टि की खाली हुई यह गोद कितनी जल्दी भर जाएगी। हां, जो वृक्षावली मर चुकी है, उसकी दूसरी बात है।' और जब वह यह सोच रही थी तब हठात् उसकी दृष्टि कुण्ड में पड़ते हुए अपने प्रतिबिम्ब पर पड़ी। अपनी छाया को ही सम्बोधन कर वह अपने मन में कहने लगी—'तू कहां मरी है, तू भी तो जीवित है। फिर तेरी गोद ही क्यों रिक्त रहे ? पर...पर क्या किसी दूसरे के बच्चे को गोद लेने से तेरी गोद भर सकती है ? पीपल में नीम के पत्ते तो नहीं उग सकते। अंजन में

अमलतास के पीत-पुष्प और लम्बी-लम्बी फलियां तो नहीं निकल सकतीं। यदि यह उद्भिज सृष्टि फल-पुष्पादि उत्पन्न करने की शक्ति रखती है तो तेरी वह शक्ति कहीं चली थोड़े ही गई है और जब तक विज्ञान परमाणुओं की स्थिति व उद्‌अणुओं और निअणुओं की गति की विकृतियों को ठीक करने का उपाय नहीं निकाल लेता, तब तक अमरता अपने ही रूप को, या जिसे व्यक्ति चाहता है उसीके स्वरूप को फिर से सन्तान के रूप में प्रकट करने पर निर्भर है। दूसरे का गोद लिया हुआ बच्चा सर रामस्वरूप की सम्पत्ति का अधिकारी हो सकता है, उनका नाम भी उससे चल सकता है, लेकिन उससे तेरी गोद कैसे भरेगी ? वह ललितमोहन की निशानी कैसे माना जा सकेगा ?' और यह सोचते-सोचते उसकी दृष्टि फिर से मछलियों और उनके बच्चों पर पड़ी। एकाएक उसके मन में विधवा-विवाह की बात उठी, किन्तु तुरन्त ही विवाह-संस्था के विरुद्ध उसके जो भाव थे, उन्होंने उस विचार को आगे बढ़ने से रोक दिया। फिर उसे ललितमोहन के साथ विवाह करने का जो नतीजा निकला था, वह याद आया, और यह भी उसके मन में उठा कि पुनः विवाह करने का अर्थ ललितमोहन की निशानी उत्पन्न करना न होकर ललितमोहन के स्थान पर ही दूसरे को बिटा देना होता है, जो उसके लिए सर्वथा असम्भव है। दूसरे का बच्चा गोद लेने से उसकी गोद नहीं भरेगी और वह चाहती है ललितमोहन की निशानी, जो विधवा-विवाह से सम्भव नहीं। वह बच्चा अवश्य चाहती है, पर अपने हाड़मांस से उत्पन्न हुआ और ललित मोहन की निशानी के रूप में। ललितमोहन चल दिया, अतः बिना ललित मोहन के स्थान पर किसीको बिठाए उसकी यह इच्छा पूरी कैसे हो ? उसने रामायण, महाभारत, पुराण आदि नहीं पढ़े थे, पर ऐसा शिक्षित हिन्दू कौन है, जो इन ग्रन्थों को मुख्य कथाएं न जानता हो ? उसे इन प्राचीन पुस्तकों में वणत नियोग की कुछ कथाएं याद आईं। बिना किसीको ललितमोहन के स्थान पर बिठाए यदि वह नियोग द्वारा सन्तान प्राप्त करे तो? पर यह बात भी उसके

मन में बहुत देर तक न ठहर सकी। न जाने कितने दिन उसे इस नियोग का प्रयोग करना पड़े और विवाह-संस्था में विश्वास न रहते हुए भी ललितमोहन का अआज भी उसपर ऐसा आधिपत्य था कि ललितमोहन के सिवा किसी से उस प्रकार के शारीरिक संसर्ग की कल्पना ने ही उसके मन में महाघृणा उत्पन्न कर दी। बिना विवाह, बिना नियोग, बिना किसी के शारीरिक संसर्ग के सन्तान की इच्छा ! छब्बीस वर्ष की उम्र में छोटे-से बालक के समान चन्द्रखिलौना प्राप्त करने के सिवा और इसे क्या कहा जा सकता है ?

इसी समय एक दिन उसे एक अंग्रेज़ी पत्र में एक लेख पढ़ने को मिला, जिसका शीर्षक था—

'आर्टिफिशल इनसेमिनेशन' अर्थात् 'कृत्रिम गर्भाधान।'

लेख में कृत्रिम गर्भाधान का इतिहास, उसकी वर्तमान परिस्थिति और इससे सम्बन्ध रखने वाली सभी बातें थीं।

इस लेख को पढ़कर इन्दुमती हर्ष से उछल पड़ी। इन्दुमती के हृदय की गहरी से गहरी सतह से संतान-प्राप्ति की इच्छा ने एक विचित्र प्रकार की आवाज़ के रूप में उठ उसकी भारी ज्ञानेन्द्रियों को व्याप्त कर लिया। यह आवाज़ ऐसी आवाज़ थी जो स्त्रियों के हृदय में ही उठ सकती है।

वह उस पत्र को लिए हुए उसी रात्रि को त्रिलोकीनाथ के पास पहुंची जो अब डॉक्टर हो गया था। इन्दुमती ने उस पत्र का वह लेख डॉक्टर त्रिलोकीनाथ को दिखा, यह कहते हुए उसे वह पत्र दिया—"ज़रा इसे पढ़ेंगे ?"

त्रिलोकीनाथ ने पत्र ले लिया और सरसरी तौर पर लेख को देखते हुए कहा—"मैं इसे पढ़ चुका हूं, श्रीमतीजी, और इसीको नहीं, इस विषय पर मैंने और भी बहुत-सा साहित्य पढ़ा है।"

"तो इस प्रकार बच्चे पैदा किए जा सकते हैं ?" कुछ आराम से कुरसी पर टिकते हुए इन्दुमती बोली।

"क्यों नहीं ? यह तो बहुत ही साधारण-सी बात है। अमेरिका में तथा अन्य अनेक देशों में पशुवर्ग में तो इस पद्धति का बड़ा सफल प्रयोग हुआ है।"

निश्चित की हुई किसी बात में संकोच करना इन्दुमती न जानती थी। उसने बिना किसी तरह की झिझक के सीधे-सीधे कहा—"तो, डॉक्टर साहब, मैं इसी पद्धति से एक बच्चा चाहती हूं।"

त्रिलोकीनाथ ऐसा चौंका कि वह पत्र उसके हाथ से गिर पड़ा। वह कुछ बोल ही न सका और मुंह कुछ फाड़ एकटक इन्दुमती की ओर देखने लगा।

"मैं इसी पद्धति से बच्चा चाहती हूं। मैं पत्नीत्व में विश्वास न करती थी, इतने पर भी मैंने विवाह किया, मुझे मातृत्व में भी विश्वास न था, पर मैं देखती हूं कि बिना बच्चे के मेरा सारा जीवन नीरस है। पर, त्रिलोकीनाथजी, मेरे प्रथम पति के स्थान पर किसीको भी बिठाना मेरे लिए असम्भव है। सन्तति की उत्कट इच्छा होने पर मैंने सारे विषय पर हर दृष्टिकोण से विचार किया। विवाह-संस्था पर विश्वास न होते हुए भी मैंने पुनर्विवाह की बात सोची। पुरानी नियोग-पद्धति भी मेरे दिमाग में आई। लेकिन फिर से विवाह तो दूर रहा, मेरे लिए यह भी सम्भव नहीं कि मैं किसीसे उस तरह का शारीरिक सम्पर्क कर सकूं। आज मेरे पति नहीं हैं, पर आज भी उन्हींसे मेरा जीवन ओत-प्रोत है और अगर मैं सन्तति चाहती हूं तो भी इसीलिए कि सन्तति के रूप में मैं उन्हें ही फिर से प्राप्त करना चाहती हूं। मैंने इधर सन्तति-विज्ञान पर बहुत कुछ पढ़ा है और अपनी हार्दिक अवस्था देखते हुए मुझे विश्वास है कि यदि इस पद्धति से मुझे अच्छे कीटाणु मिल जाएं तथा बच्चा पैदा हो सके, तो मैं बच्चे के रूप में उन्हींको पा सकूंगी।"

उधेड़-बुन में लगे रहने के कारण जब त्रिलोकानाथ कुछ देर तक कुछ न बोला, तब इन्दुमती ने फिर कहा—"त्रिलोकीनाथजी, आप मेरे स्वभाव से भली भांति परिचित हैं। किसी बात पर निश्चय कर लेने के पश्चात् मैं उस

निर्णय को बदलना नहीं जानती। महीनों के सोच-विचार के उपरान्त मैंने यह निश्चय किया है। आपके पास मैं इसलिए आई हूं कि आप मेरे सहपाठी रहे हैं। मुझे अच्छी तरह जानते हैं। मैंने यह भी सोचा था कि आप अच्छे कीटाणुओं का भी प्रबन्ध कर सकेंगे, जो हर तरह के रोगादि से मुक्त हों। लेकिन मैं आपको किसी असमंजस में नहीं डालना चाहती। अगर आप मेरे इस कार्य को न कर सकें तो मुझे स्पष्ट कह दें। रुपये लेकरतोकोई भी डॉक्टर यह कर देगा।"

कुछ देर बाद इन्दुमती ने उठते हुए कहा—"अच्छी तरह विचारकर मुझे कल तक जवाब भिजवा दीजिएगा। जैसा मैंने कहा, मैं आपको असमंजस में नहीं डालना चाहूंगी, पर मेरा निश्चय अटल है। आपका उत्तर पाने पर किसी दूसरे डॉक्टर की शरण लूंगी।"

त्रिलोकीनाथ, जो खड़ा हो गया था, गम्भीरता से सोचते हुए बोला—"मुझे एक हफ्ते का समय दीजिए। इतनी बड़ी बात का निर्णय मैं एक दिन में न कर सकूंगा।"

"अच्छी बात है, मैं एक सप्ताह तक आपकी प्रतीक्षा करूंगी।" कुछ ठहरकर उसने कहा—"देखिए, डॉक्टर, भूत को देखते-देखते मैं स्वयं भूत बनती जा रही हूं। मुझे चाहिए भविष्य, उज्ज्वल भविष्य।"

इन्दुमती ने चलते हुए उस पत्र को उठा लिया, जो उसने त्रिलोकीनाथ को दिया था और जो त्रिलोकीनाथ के हाथ से गिर पड़ा था।

एक हफ्ते तक यद्यपि त्रिलोकीनाथ का रोज़मर्रा का काम चलता रहा तथापि इन्दुमती को उसे जो उत्तर देना था, वही उसके दिवस की चिन्ता और रात्रि का स्वप्न था। इन्दुमती के स्वभाव को वह भली भांति जानता था। उसे मालूम था कि इन्दुमती ने जो ठान लिया है, उससे वह विचलित होने वाली नहीं। इन्दुमती को समझाकर उसके निश्चय से डिगाने की उसमें शक्ति नहीं, यह उससे छिपा न था। त्रिलोकीनाथ के सामने दो ही रास्ते थे—इन्दुमती की

इच्छा पूर्ण करना या उसे किसी दूसरे डॉक्टर के पास जाने देना। विज्ञान और वेदान्त दोनों को समझने वाले त्रिलोकीनाथ के हृदय में इन्दुमती का जो स्थान था, उसे वह अब तक स्वयं शायद न समझ सका था। इसीलिए उसके मन में यह संघर्ष था।

इसी विचारधारा की लहरों में डूबते-उतराते, आवर्तों में चक्कर काटते, त्रिलोकीनाथ का एक हफ्ता बीत गया। इस एक सप्ताह में उसे कृत्रिम गर्भाधान के सम्बन्ध में जितना भी साहित्य उपलब्ध हो सका उसने सब पढ़ा। सातवें दिन प्रातःकाल जब उसने नहा-धोकर अपना मुख शीशे में देखा तब वह एकाएक अपने-आपसे कह उठा—'अच्छी बात है तो अब बिना पत्नी के तू पिता बन और बिना पति के इन्दुमती माता बने।' अपने-आपसे यह कह उसने इस क्रिया के लिए नये डॉक्टरी औज़ार खरीदे।

शस्त्र-क्रिया समाप्त हुई। जिस वक्त वह कृत्य हो रहा था, इन्दुमती अपने कमरे के चारों ओर लगे अपने ही बनाए ललितमोहन के चित्रों में अपने-आपको भूल गई थी।

दो महीने के बाद एक दिन प्रातःकाल जांचने पर मालूम हुआ कि शस्त्रक्रिया सफल हो गई थी। इन्द्र मती को गर्भ था।

17

इन्दुमती के गर्भाधान के बाद उसकी दृष्टि से उसके सामने अनेक छोटी-छोटी समस्याएं उठीं। पहला प्रश्न था कि उसे अब अपने ससुर को गोद के सम्बन्ध में क्या लिखना चाहिए, दूसरा था उसे मां को क्या कहना चाहिए और तीसरा था समाज का सामना उसे किस तरह करना चाहिए ? एक तो वह जिस प्रकार अपने पिता द्वारा पाल-पोसकर बड़ी की गई थी, उसके कारण, दूसरे उसने अपना जीवन अब तक जिस तरह बिताया था उसकी वजह से और तीसरे गर्भ ने उसके मन में इस समय जो

हर्ष तथा उत्साह उत्पन्न किया था, उसकी प्रेरणा से ये सारे सवाल उसने बहुत जल्दी तय कर डाले।

ससुर के सम्बन्ध में उसने निर्णय किया कि उन्हें सारा विषय साफ-साफ लिखकर उनसे पूछेगी कि उन्हें उसके द्वारा उत्पन्न किया हुआ अपना पौत्र यदि स्वीकार हो तो वह कानपुर आकर उनकी आज्ञानुसार उनके महल में रह उस पौत्र का पालन-पोषण करने को तैयार है।

मां के विषय में उसने निश्चय किया कि वह मां को भी सब सच्चा हाल बता देगी। वे उसे सदा कहा करती थीं कि स्त्री का यथार्थ विकास पत्नीत्व और मातृत्व में ही है। दोनों में स्वतः का विश्वास न रहते हुए भी उसने अपने पति के जीवित रहते और पति की मृत्यु के पश्चात् भी अपने पत्नीत्व को आदर्श रूप से पालन किया है और उसी प्रकार की भावनाओं से वह मातृत्व की ओर अग्रसर हो रही है।

समाज के बारे में तो इन्दुमती को अपना मत निश्चित करने में कोई कठिनाई ही न जान पड़ी। वह समाज के भिन्न-भिन्न सभ्य कहे जाने वाले अंगों को कालेज, कांग्रेस, क्लब, कौंसिल अनेक स्थलों पर देख चुकी थी। अपने सामने उसने कहीं भी किसी को कोई महत्त्व न दिया था। कौंसिल के मेम्बर होने के बाद तो उसने कई नेताओं और डिप्टी महात्माओं को नज़दीक से देखा था। वह उनके चरित्रों को जानती थी। इस समाज के सामने उसे आंखें या सिर झुकाने का प्रश्न ही कहां था ?

उसे इस समय कितना याद आ रहा था अपने पिता का प्रधान उपदेश 'विश्व में निज का व्यक्तित्व ही सब कुछ है।' अगर उसे गर्भ से सुख मिल रहा है तो वह दुनिया की क्या परवाह करती है ?

समाज में इन्दुमती के कृत्रिम गर्भाधान की बात के फैलने में बहुत समय न लगा, क्योंकि थोड़े ही दिनों के अन्दर सर रामस्वरूप ने अपनी जाति-पंचायत के सामने बहू को व्यभिचारिणी सिद्ध करते हुए उसे अपने

घर में लाकर रखने के लिए क्षमा-याचना का एक पत्र भेजा। उन्होंने बड़ी धूम-धाम से स्वयं एक लड़का गोद लिया, जिसका उत्सव इस तरह मनाया गया मानो ललितमोहन के सदृश ही उन्हें दूसरा पुत्र-रत्न प्राप्त हुआ हो।

इस समय कानपुर, लखनऊ और आसपास के सारे सभ्य समाज में दो ही चर्चाएंथीं—एक इन्दुमती की और दूसरी साइमन कमीशन की।

चूंकि इन्दुमती का सार्वजनिक जीवन था इसीलिए यह सार्वजनिक विप्लव। किन्तु जितने अधिक आक्षेप इन्दुमती पर होने लगे उतने ही ज़्यादा समाज के प्रति विद्रोह के भाव उसके मन में उठने लगे ! वह अपने को निरपराधिनी, पतिपरायणा, साध्वी सभी कुछ मानती थी। पिता के उस कथन से कि 'विश्व में निज का व्यक्तित्व ही सब कुछ है, इस समय उसे अत्यधिक सान्त्वना मिल रही थी। वह कथन उसके हृदय में महान साहस उत्पन्न कर रहा था। धीरे-धीरे समाज को घृणास्पद चीज़ समझ वह समाज से अधिकाधिक दूर हटने लगी। कौंसिल, कांग्रेस, क्लब सभी संस्थाओं से त्याग-पत्र दे, और इन त्याग-पत्रों में अपनी कार्रवाई को अधिक से अधिक निर्दोष सिद्ध कर तथा इन संस्थाओं व समाज को पेट भर गाली दे वह अपने गर्भ में ही तल्लीन हो गई।

समय बीत चला; क्रमशः इन्दुमती के प्रसव का दिन समीप आया। डॉक्टर त्रिलोकीनाथ ने उसके मकान पर ही प्रसव का साराआधुनिक प्रबन्ध कर दिया। आखिर समय आ ही पहुंचा। इन्दुमती की प्रसवपीड़ा में कितना दर्द, कितनी लज्जा, कितना हर्ष और कितनी आशा का सम्मिश्रण था।

अन्त में डॉक्टरनी ने उसे पुत्र होने की सूचना दी। उसने उस अर्द्धमूर्छित अवस्था में भी किस तरह आंखें फाड़-फाड़कर नवजात शिशु को अवलोका ! कितनी इच्छा थी उसे अर्द्धमूर्छित स्थिति में भी यह देखने की कि वह शिशु ललित मोहन के समान है या नहीं। वह यह देखकर निराश हो गई कि बच्चा

ललितमोहन से ज़रा भी न मिलता था। पर उसी समय उसके मन में उठा—'जन्म के समय ललितमोहन भी न जाने कैसा हो, बच्चों में बड़े होने पर परिवर्तन भी तो होता है।'

समय पर इन्दुमती के बालक का नामकरण हुआ। इस नामकरण-संस्कार में डॉक्टर त्रिलोकीनाथ और वज़ीरअली के सिवा और कोई न आया। शिशु का नाम मयंकमोहन रखा गया।

इन्दुमती को इस समय न राजनीतिक क्षेत्र, न सामाजिक क्षेत्र, संक्षेप में किसी सार्वजनिक कार्य से दिलचस्पी न थी ; वह तल्लीन थी मयंक मोहन, केवल मयंकमोहन में।

शिशु के पालन-पोषण, उसकी सेवा-सुश्रूषा में इन्दुमती अपने आपको भी भूल गई थी। पिता का कथन 'विश्व में निज का व्यक्तित्व ही सब कुछ है,' उसने इस समय जिस तरह विस्मृत किया था, उस प्रकार शायद जीवन में कभी नहीं।

जब मयंक पांच वर्ष का हुआ तब वज़ीरअली की राय के अनुसार वह स्कूल भेजा गया।

18

मयंक की स्कूल में भरती करवाने के कुछ पूर्व वज़ीरअली ने अपनी समाजवाद-सम्बन्धी एक संस्था की, जो कुछ दिनों चलकर बंद हो गई थी, पुनरुथापना की थी। इस संस्था की पुनर्स्थापना के समय वज़ीरअली ने यह भी निश्चय किया था कि इस बार इस संस्था का क्षेत्र चाहे पहले कुछ दिनों तक दफ्तर में बहस-मुबहसा ही रहे, पर अन्त में मज़दूरों के बीच कार्य करना होगा।

यद्यपि इन्दुमती अभी भी अपने पुत्र में ही तल्लीन रहती, तथापि बालक के स्कूल जाने के कारण उसे दिन को अवकाश अवश्य रहता। इन्दुमती को सार्वजनिक कार्य से कोई दिलचस्पी नहीं थी, पर जब वज़ीरअली ने

उसे समझाया कि उसकी संस्था उन्हें उखाड़ फेंकने के लिए है जो इस समय सार्वजनिक क्षेत्रों के किसी न किसी रूप में नेता हैं, और जिन्होंने उसके खिलाफ इतना असत्य प्रचार कर समाज में एक प्रकार का विप्लव-सा मचवा दिया था, तब अवकाश के समय का कोई उपयोग करने के लिए इन्दुमती ने वज़ीरअली के इस काम में थोड़ा-बहुत हिस्सा लेना आरम्भ किया।

पहले इन्दुमती ने सोशलिस्ट लीग के दफ्तर में जाना शुरू किया।

थोड़े ही दिनों में वज़ीरअली के निश्चयानुसार दफ्तर के वाद-विवादों से आगे बढ़कर सोशलिस्ट लीग का काम मज़दूर बस्तियों और कारखानों में पहुंचा और ज्यों-ज्यों यह काम आगे बढ़ने लगा, दफ्तर की बहसों में कमी होती गई। मज़दूर बस्तियों का यह काम लखनऊ और कानपुर दोनों जगह शुरू हुआ।

जिस प्रकार त्रिलोकीनाथ के साथ इन्दुमती ने पहले-पहल गांव देखा था उसी तरह वज़ीरअली के साथ उसने सर्वप्रथम लखनऊ में मज़दूरों की बस्ती देखी। गांव उसे जितना गन्दा दीखा था और गांव में रहने वाले जितने घृणास्पद, उससे कहीं अधिक गन्दी दीखी उसे 'मज़दूरों की बस्ती और गांव वालों से कहीं अधिक घृणास्पद जान पड़े उस बस्ती में रहने वाले मज़दूर।

जैसी ग्लानि से इन्दुमती का मन उस दिन भर गया था, जब वह त्रिलोकीनाथ के साथ गांव गई थी, वैसी ही ग्लानि आज उसके मन में उत्पन्न हुई वरन् उससे भी अधिक। इन्दुमती को जान पड़ा जैसे उसका दम घुट रहा है और वह इसके बाद शायद कभी इन क्वार्टरों में पैर नरखती, पर एकाएक उसे यहां एक ऐसा व्यक्ति दीखा और उसने उसे बरबस-सा अपनी ओर इस प्रकार खींचा कि दिनों-दिन इन्दुमती का आगमन इस महान गन्दगी में भी बढ़ चला।

इस व्यक्ति का नाम था वीरभद्र। उम्र लगभग तीस वर्ष। ऊंचाई छः फुट से भी अधिक। शरीर न मोटा न दुबला, गठा हुआ। रंग कोयले के सदृश नितान्त

काला, परन्तु काले के साथ ही शीशे के समान चमकदार। आंखें बड़ी-बड़ी, जिनमें लाल डोरे। बाल रंग के समान ही काले, पर उनमें घूंघर। जितना रंग काला उतने ही सफेद दांत और हंसते समय लाल मसूड़ों के दर्शन। मूंछें छोटी-छोटी, पर उनके बाल सीधे खड़े हुए।

वीरभद्र मज़दूरों का मेट था। हिन्दी की चौथी पुस्तक तक शिक्षा प्राप्त की थी। जैसा ऊंचा और बलिष्ठ उसका शरीर था वैसा ही मन भी। उसमें पराकाष्ठा की ईमानदारी थी और हाथ में लिए काम को पूरा करने की पूरी-पूरी क्षमता। परन्तु इन सद्गुणों के साथ-साथ उसमें कई दुर्गुण भी थे। वह शराब पीता था, जुआ भी खेलता था, अपनी औरत को अनेक बार पीटता था और वेश्याओं के यहां भी जाता।

इन्दुमती की समझ में न आया कि वीरभद्र के प्रति उसके कैसे भाव हैं। वीरभद्र को देखते ही उसके मन में जैसी भावनाएं उठी थीं वैसी इसके पहले कभी न उठी थीं, यह उसे अवश्य जान पड़ता था, परन्तु इन भावनाओं की तह में क्या है इसका पता बार-बार विचार करने पर भी वह न लगा सकी।

विवाह न करने के अपने निर्णय पर भी कालेज में सर्वप्रथम त्रिलोकीनाथ के प्रति उसका आकर्षण हुआ था। त्रिलोकीनाथ के मन में उसके प्रति कैसे भाव हैं इसका पता पाने के लिए जब उसने रक्षाबन्धन के दिन राखी बांधने का प्रपंच रचा था और त्रिलोकीनाथ के राखी न बंधवाने पर घर लौटकर जब रात को नींद न आने के कारण उसने सारे विषय पर अपने मन में विवेचना की थी, तब उसे जान पड़ा था कि त्रिलोकीनाथ के प्रति ही नहीं—बैजनाथ, अलोपीप्रसाद, मदनमोहन आदि सभी के प्रति उसका वैसा ही खिंचाव है। वीरभद्र के लिए उसके मन में जो भावनाएं उठ रही थीं, वे त्रिलोकीनाथ के प्रति उसकी जो भावनाएं थीं, उससे सर्वथा भिन्न थीं।

इसके पश्चात् ललितमोहन के उसे दर्शन हुए थे। प्रथम बार स्टेशन पर उसे देखते ही वह अपनी सुध-बुध भूल गई थी। पिताजी की जुबिली के उत्सव में ललितमोहन के सहवास, फिर उसके वियोग, फिर संयोग और फिर चिर-वियोग के समय उसकी जो हालतें रहीं वे भी उसे याद आईं और उन मनोदशाओं का सिंहावलोकन कर जब उसने वीरभद्र के प्रति अपनी भावनाओं का उन मनोदशाओं की भावनाओं से मिलान किया, तब उसे जान पड़ा कि ललितमोहन के प्रति उसका जो प्रेम था, उससे भी वीरभद्र के प्रति उसका जो आकर्षण हुआ, उससे कोई मिलान नहीं हो सकता। कुछ देर बाद तो वह ललितमोहन और वीरभद्र के प्रति अपनी भावनाओं के मिलान करने पर आश्चर्य से स्तम्भित-सी रह गई। मन ही मन उसने कहा—'कहां... कहां वे भावनाएं और कहां...कहां ये ! ...और कहां...कहां ललितमोहन तथा कहां...वीरभद्र ! कहां...कहां ललितमोहन का रूप, गुण, शिक्षा और संस्कृति,...कहां...कहां वीरभद्र का रूप, गुण, शिक्षा और संस्कृति !' इन्दुमती सोचने लगी—गौरवर्ण सारे वर्षों में सुन्दर माना जाता है, जो निसर्ग ने ललितमोहन को दिया था। उसके ठीक विपरीत वीरभद्र का रंग था काला, एकदम काला। फिर वर्ण के अतिरिक्त सौन्दर्य में मृदुलता का स्थान होता है। ललितमोहन के मुख और सारे अंग-प्रत्यंग में कैसी मृदुता थी ! उसके ठीक विपरीत वीरभद्र में मृदुता के स्थान पर काठिन्य और ऐसा-वैसा काठिन्य नहीं, काठिन्य की पराकाष्ठा। सद्गुण उसमें दीखते ही न थे। मुख से शराब की बदबू और उसके जुए, बदचलनी, औरत को पीटने आदि की अफवाहें। शिक्षित भी वह न था, अधिक से अधिक अर्द्धशिक्षित कहा जा सकता था। और संस्कृति तो उसमें छू तक न गई थी। फिर वह था समाज के निकृष्ट से निकृष्ट मज़दूर वर्ग का, न अभिजात वर्ग का और न मध्यम श्रेणी का। ऐसे वीरभद्र के प्रति उसके खिंचाव का मिलान ललितमोहन के प्रति उसका जो प्रेम था उससे करना ही हास्यास्पद है। फिर उसका जीवन

तो आज भी ललितमोहन से भरा हुआ है। ललितमोहन के मरने पर वह पागल हो गई थी। सन्तान की इच्छा होने पर भी वह पुनर्विवाह न कर सकी, नियोग इत्यादि भी नहीं। दूसरे किसीसे वैसे शारीरिक सम्पर्क की उसके मन में कल्पना तक न उठी थी। ललितमोहन को ही पुनः प्राप्त करने के लिए विज्ञान का सहारा ले उसने मयंक की उत्पत्ति कराई थी। ऐसा था आधिपत्य उसपर ललितमोहन का। वीरभद्र के प्रति अपने खिंचाव का ललितमोहन के प्रति उसका जो प्रेम था उससे मिलान करने पर इन्दुमती को अपने-आपपर ही बार-बार आश्चर्य होने लगा।

सावन का महीना था। वर्षाऋतु अपनी युवावस्था में थी। आकाश घनी घटाओं से घिर गया था। रात्रि का समय था। बीच-बीच में बिजली चमकती और बादल गरजते थे। हवा में तेज़ी थी और जान पड़ता था, ज़ोर से पानी बरसने वाला है। इन्दुमती अपने शयनागार में अपने पलंग पर लेटी हुई इसी उधेड़बुन में लगी हुई थी। मयंक उसी के निकट एक छोटे पलंग पर निद्रामग्न था। इन्दुमती को नींद न आ रही थी। वह बार-बार करवट बदल रही थी। हठात् उसे याद आया वह दिन जब लगभग सोलह बर्ष पूर्व राखी पूनम को त्रिलोकीनाथ तथा उसके अन्य साथियों ने उससे राखी न बंधवाई थी और वह इसी कमरे में नींद न आने के कारण इसी प्रकार की उधेड़बुन में गोते लगा रही थी। उस दिन के पहले उसने कभी अपने जीवन का सिंहावलोकन न किया था और उस दिन एकाएक न जाने कितनी बातें इकट्ठी उसके मन में उठी थीं। उसे याद आया उस दिन किया हुआ बहु-विवाह-सम्बन्धी अपना विवेचन और जो इन्दुमती ललितमोहन तथा वीरभद्र के प्रति अपनी भावनाओं के प्रति अपनी भावनाओं के मिलान पर बार-बार अपने-आपपर आश्चर्य करती थी उसी इन्दुमती के मन में, जो न कुंआरा था और न विधुर, उस विवाहित, पत्नी वाले वीरभद्र से विवाह करने की बात उठी। इन्दुमती को जान पड़ा जैसे डी० सी० करेण्ट बिजली का ज़ोर का धक्का उसे लगा हो। वह पलंग से कूद पड़ी

और सीधी खिड़की की ओर जा उसे खोला। ज़ोर की वर्षा हो रही थी। वर्षा के साथ ही हवा की तेज़ी बढ़ गई थी। पूरे तूफान का दृश्य था। यद्यपि खिड़की पर सायबान था, पर दरवाज़े खुलते ही पानी का एक झोंका-सा कमरे में आया। इन्दुमती ने तत्काल फिर दरवाज़ा बन्द कर दिया। उसे याद आई सोलह वर्ष पूर्व की उसी दिन की फिर एक बात। उस दिन भी उसने इसी प्रकार खिड़की खोली थी और बाहर का तूफान देख उसने सोचा था—'इस विश्व में सदा ही तूफान चला करता है, हृदयरूपी कक्ष के द्वार खोल देने पर वहां भी कोई चीज़ स्थिर नहीं रह सकती।' और जब वह यह सोच रही थी तब उसे याद आईं उस दिन के बाद की जीवन की अनेक घटनाएं। कैसेकैसे तूफान में चलते-चलते उसकी जीवन-नौका यहां तक आई थी। और जब वह जीवन का फिर सिंहावलोकन कर रही थी उस समय उसे याद आई सोलह वर्ष पूर्व की उस रात की रिमझिम वर्षा। तो उस दिन की रिमझिम वर्षा के समय की उधेड़बुन और जीवन के प्रथम सिंहावलोकन के बाद जब उसकी जीवन-नौका इतने तूफानों के बाद गुज़री थी तब आज तो घनघोर दृष्टि हो रही थी। आज की उधेड़बुन उसकी जीवन-नौका को शायद डुबो ही देगी। और उसके मन में जब यह डूबने की बात उठी तब उसे हठात् याद आया अपने पिता का उपदेश—'विश्व में निज का व्यक्तित्व ही सब कुछ है।' आज बहुत समय बाद उसे पिता का वह उपदेश याद आया।

उसे उस सोलह वर्ष पूर्व की सर्वप्रथम सूनेपन की अनुभूति भी याद आई और यह भी याद आया कि इसी कमरे की स्तब्धता भंग करने के लिए उसने अपने चाबियों के गुच्छे को बजाया था तथा उसके मन में उठा था कि संसार की समस्त समस्याएं एक प्रकार के ताले तो हैं ही; उनके खोलने के लिए कोई न कोई कुञ्जी भी रहती है, पर शायद उसके पिता का उपदेश ऐसी कुञ्जी है जिससे सारे ताले खुल जाते हैं। सोलह वर्ष पूर्व उसे अपने पिता का उपदेश सब तालों को खोलने के लिए जैसी कुञ्जी दीखा था वैसी ही कुञ्जी आज

भी जान पड़ा।

इन्दुमती को अपने निकट वीरभद्र की आवश्यकता...नितान्त आवश्यकता जान पड़ने लगी। वीरभद्र की ऐसी याद में इन्दुमती को पिता का उपदेश भी शनैः शनैः विस्मृत-सा होने लगा।

हां, एक बात उसके मन में अवश्य उठी। वह सोचने लगी कि जिस सुख को वह वीरभद्र से चाहती है वह क्षणिक...कितना क्षणिक होगा; परन्तु यह बात भी बहुत देर तक उसके मन में न रही, क्योंकि इसीके बाद उसके मन में यह भी उठा कि क्षणिक तो इस दुनिया में सभी चीज़ें हैं। स्थायित्व यहां है ही कहां ?

बहुत सोचने-विचारने के बाद मज़दूरों के क्वार्टरों में मज़दूरों की सेवा करने के बहाने से जाने के सिवा उसे अन्य कोई रास्ता वीरभद्र के यहां जाने का न सूझ पड़ा।

इन्दुमती के मज़दूरों की बस्ती में आने का चाहे कोई भी आन्तरिक कारण क्यों न रहा हो, पर उसके इस निरन्तर आवागमन ने इस बस्ती की हालत को सुधारना अवश्य आरम्भ कर दिया। जिस तरह धीरे-धीरे, पर कुछ ही महीनों में, इन्दुमती ने इस बस्ती में सुधार किया, उसी प्रकार धीरे-धीरे, पर कुछ ही महीनों में, मज़दूरों को भी इन्दुमती का सारा जीवन-वृत्तान्त ज्ञात हो गया। इन्दुमती को यह देखकर आश्चर्य हुआ कि जिन मज़दूरों के लिए वह इतना कार्य कर रही थी, जो मज़दूर आरम्भ में बड़ी श्रद्धा से उसके आदेशों के पालन का प्रयत्न करते थे, वे अब उससे खिंचे-खिंचे-से रहने लगे हैं और उसके आदेशों की भी अवहेलना करते हैं। इसका कारण उसकी समझ में तब आया जब एक दिन वीरभद्र की कोठरी में वह उसकी पत्नी पार्वती के पास खड़ी थी और पास के एक दूसरे क्वार्टर से उसके सम्बन्ध में जो बातें हो रही थीं वे

उसके कान में पड़ीं। वीरभद्र आज कहीं गया हुआ था।

"हां, हां, सौ चूहे मारकर बिल्ली हज को चली है।" आवाज़ किसी मर्द की थी।

"मैं तो उस लड़के को भी स्कूल में देख आया हूं जो हमारे नेता वज़ीरअली से हुआ है।" यह भी मर्द की आवाज़ थी।

एक औरत बोली जो स्वर से स्पष्ट मालूम हो गया—"वह लड़का वज़ीरअली से मिलता है ?"

इसके पहले जो व्यक्ति बोला था उसीने फिर कहा—"बिलकुल, हूबहू वज़ीरअली के माफिक है।"

"और इस सारी कार्रवाई को छिपाने के लिए ढंग भी अनोखा निकाला है।" एक मर्द ने कहा।

"कहा जाता है कि बच्चा पिचकारी से पैदा किया गया है।"

एक ज़ोर की हंसी की आवाज़ आई। और कुछ देर बाद फिर सुन पड़ा :

"पर, भाई, सारे पापों का प्रायश्चित्त तो वह कर रही है। कितनी सेवा करती है मज़दूरों की !" आवाज़ मर्द की थी।

एक औरत ने कहा—"हमें ऐसी सेवा नहीं चाहिए। मेरी चले तो मैं मज़दूरों की बस्ती में ऐसी औरत को पैर न रखने दूं।"

कुछ देर में सब तरफ से अपना सारा साहस बटोरते हुए भर्राए-से स्वर में इन्दुमती पार्वती से बोली—"बहन, जो कुछ तुमने सुना है, वह सब झूठ है, काला से काला झूठ। उनके मरने के कुछ वर्ष बाद मयंक हुआ है यह सच है, पर न वह वज़ीरअली का है और न उससे मिलता-जुलता है। वह सचमुच पिचकारी से ही पैदा हुआ है।" इन्दुमती के इस भर्राए हुए स्वर में एक बात और थी, जैसे वह सफाई दे रही हो, बिना मांगी सफाई। इन्दुमती ने आज तक अपनी किसी भी कृति की इस प्रकार की सफाई किसीको न दी थी। और फिर यह सफाई भी इस तरह दी जा रही थी जैसे इस सफाई के लिए भी वह शब्दों

को खोज रही हो।

पार्वती ने कहा—"पर थोड़ी देर को मैं अगर यह भी मान लूं कि यह सब सही है तो भी..."

बीच ही में बात काटकर इन्दुमती तमककर बोली—"पर, बहन, मान कैसे ली जाए; झूठी बात थोड़ी देर को भी कैसे मानी जा सकती है ?"

इन्दुमती ने कैसी शीघ्रता से उस मज़दूर बस्ती से बाहर निकल मोटर पर बैठ घर की ओर प्रस्थान किया !

उसने तय किया कभी भी मज़दूर क्वार्टरों में न जाना, मज़दूरों से कोई सरोकार न रखना और वीरभद्र को अपने यहां ही बुलाना।

19

जब इन्दुमती प्रातःकाल उठी तब उसने देखा कि मज़दूरों की बस्ती में न जाकर, मज़दूरों से कोई सरोकार न रखकर, अपने घर वीरभद्र को बुलाना कोई सहज बात नहीं है। एकाध बार किसी काम के बहाने वह उसे बुला सकती थी, पर बिना मज़दूरों की बस्ती में गए और उनमें काम किए निरन्तर वीरभद्र को वह किसी भी तरह न बुला सकती थी। कल रात को उसने जो कुछ सुना था उसके बाद मज़दूरों की उस बस्ती में जा, मज़दूरों के बीच काम करना उसके लिए सम्भव न था और वीरभद्र के बिना जीवन व्यतीत करना भी नहीं। तब वह करे क्या, यह परिस्थिति उसके लिए एक बड़ी भारी समस्या हो गई।

ज्यों-ज्यों समय बीतता जाता, वह मज़दूर बस्ती में जाने के लिए अधीर होती जाती, पर आत्मसम्मान को महान महत्त्व देने वाली इन्दुमती के लिए वीरभद्र का ऐसा आकर्षण भी उसे मज़दूर बस्ती में ले जाने में समर्थ न हो पाता।

एक दिन एकाएक उसके मन में उठा, वज़ीरअली से मिल मज़दूरों के अपमान का सारा हाल उससे क्यों न कह दे। वज़ीरअली ने ही उसे अपनी

संस्था की ओर आकर्षित किया था। वह उसकी मज़दूरों की सेवा की कई बार तारीफ भी कर चुका था, यह भी कह चुका था कि उससे मज़दूरों को बड़ी-बड़ी आशाएं हैं। वज़ीरअली मज़दूरों का यह सारा हाल सुन उन्हें ज़रूर ही डांटे-डपटेगा और उनसे माफी भी मंगवा देगा। बस, आगे का उसका रास्ता फिर से खुल जाएगा।

वह सन्ध्या को मोटर पर सोशलिस्ट लीग के दफ्तर को चल पड़ी।

सोशलिस्ट लीग के दफ्तर वह बहुत समय के बाद आई थी। अनेक कार्यकर्ता उसे वहां मिले और सबने मज़दूरों के क्वार्टरों में उसके काम की भूरि-भूरि प्रशंसा की। वज़ीरअली वहां न था। इन्दुमती को मालूम हुआ कि कई हफ्ते से वज़ीरअली कानपुर लीग के काम को गया हुआ है।

तब अब वह क्या करे ? अन्य कार्यकर्ताओं से मज़दूरों के उस दिन के अपमान का वृत्त कहने का उसे साहस न हुआ।

मज़दूर बस्ती में बिना गए वीरभद्र से अब उसका मिल सकना सम्भव न था। इन्दुमती का धैर्य अब टूट चुका था। अतः अब बिना और कुछ सोचे उसने मज़दूर बस्ती जाने का निश्चय किया और ड्राइवर से मोटर मज़दूर बस्ती ले चलने को कहा।

बस्ती से वह सीधी वीरभद्र के क्वार्टर को पहुंची। पर हैं—यह क्या ? क्वार्टर में ताला पड़ा था। पड़ोसियों से पूछने पर मालूम हुआ कि वीरभद्र पिता का श्राद्ध करने सकुटुम्ब गया चला गया था। इन्दुमती को कैसी निराशा हुई ! पर इस निराशा में भी एक खुशी उसे थी। उसके मन में बार-बार उठ रहा था कि यदि वह गया न गया होता तो...तो पार्वती के साथ उसके यहां अवश्य आता...अवश्य...अवश्य।

अब इन्दुमती वज़ीरअली के कानपुर से और वीरभद्र के गया से लौटने का रास्ता देखने लगी। उसने अपने मन में तय कर लिया कि दोनों के लौटते ही

वह दोनों को बुलवाएगी, उनसे, मज़दूरों ने उसके साथ जो व्यवहार किया है, उसकी साफ-साफ शब्दों में शिकायत करेगी और मज़दूरों से माफी मंगवाने के लिए कहेगी। इस प्रकार मज़दूरों के माफी मांग लेने के बाद मज़दूर बस्ती में फिर से उसके जाने का रास्ता बिलकुल खुल जाएगा।

एक दिन इन्दुमती अपने प्रात:काल के कृत्यों से निवृत्त हो बैठकखाने में आई ही थी कि उसने देखा, बाहर से कई आदमी उसी के यहां आ रहे हैं। आगन्तुक कौन हैं इसे वह उत्कण्ठा से देखने लगी और उसे यह देखकर बड़ा हर्ष हुआ कि आने वालों में वज़ीरअली, वीरभद्र तथा सोशलिस्ट लीग के अन्य कई कार्यकर्ता हैं। इन्दुमती ने आगे बढ़ बड़े उत्साह से सबका स्वागत किया।

गला साफ करते हुए वज़ीरअली ने कहा—"बहन, हम सब तुमसे कुछ भीख मांगने आए हैं।"

कुछ प्रसन्नता से इन्दुमती बोली—"कैसी ?"

वज़ीरअली ने उत्तर दिया—"लखनऊ और कानपुर दोनों जगह अब हमारे मज़दूरों के यूनियन बन गए हैं। मज़दूरों की तनख्वाहें बढ़ाने, साथ ही और भी कई सहूलियतों के लिए यह यूनियन कारखानों के मालिकों को लिखेंगे। कारखाने वाले सीधी तरह हमारी बातें मानने के नहीं यह निश्चित-सी बात है। ऐसी हालत में सम्भव है हमें हड़ताल करनी पड़े। हड़ताल में न जाने कितनी तकलीफ़े मज़दूरों को उठानी पड़ती हैं। इसलिए पहले से चन्दा वगैरह जमा कर लेना उचित होता है। तुम मज़दूरों से सहानुभूति रखती हो, उनमें काम भी करती हो, तुम भी इसमें कुछ दो।" अन्तिम वाक्य पूरा करते-करते वज़ीरअली ने पतलून की जेब से कुछ कागज़ निकालकर इन्दुमती को दिए।

इन्दुमती ने ध्यान से इन कागज़ों को देखा। ये थे दान देने वालों के नामों तथा उनकी रकमों की सूची। पच्चीस रुपये से लेकर एक आना देने वालों

तक के नाम थे। ज़्यादातर चन्दा मज़दूरों का ही था। फिर सरसरी तौर पर इस सूची पर दृष्टि-विक्षेप कर कागज़ों को वज़ीरअली को लौटते हुए इन्दुमती ने सहज भाव से कहा—"मेरी तरफ से पांच हज़ार रुपया इस कोष में लिख लीजिए।"

सारे के सारे आगन्तुक अवाक् और स्तब्ध-से रह गए।

जब कुछ क्षणों में इस आघात का असर कम हुआ तब वज़ीरअली ने पहले अपने होंठों से कुछ सीटी-सी बजाई और फिर अपने साथियों से कहा—"मेरी बहन के काम कभी छोटे-मोटे नहीं हुआ करते।"

एकसाथ कुछ व्यक्तियों के मुख से निकला—"इसमें अब भी कोई शक हो सकता है...अब भी कोई शक हो सकता है !"

सब लोग इन्दुमती का अभिवादन कर बाहर निकले और सोशलिस्ट लीग के दफ्तर को रवाना हुए ; पर कुछ कदम सबके साथ चलने के बाद वज़ीरअली अपने मित्रों से यह कह कि उसका अन्य ज़रूरी काम इन्दुमती से रह गया है, वापस इन्दुमती के पास लौट आया। इन्दुमती टहल रही थी।

वज़ीरअली ने कमरे में घुसते-घुसते कहा—"गज़ब...गज़ब करती हो बहन तुम भी !" और वह कुरसी पर बैठ गया।

"पर, भाई ने बहन से पहले-पहल भीख मांगी थी और वह भी इतने अच्छे काम के लिए।" यह कहते हुए वह बैठ गयी।

"ठीक है। किसी दूसरे धनवान ने इससे भी ज़्यादा दे दिया होता तो मुझे खुशी ही होती, पर इस तरह तुम्हारा रुपया तो मैं नहीं फिकवाना चाहता। यदि हमारे सारे धनवानों का महात्मा गांधी के शब्दों में हृदय-परिवर्तन हो जाए तो वे इस धन के सच्चे ट्रस्टी हो सकते हैं।"

"और, वज़ीर, अब मुझे अपने कर्तव्य का पालन करते हुए इस बात की चिन्ता भी नहीं रही है कि जिनके प्रति मैं अपने कर्तव्यों का पालन कर रही हूं,

मुझे किस दृष्टि से देखते हैं।"

"मज़दूर तो तुम्हें देवी समझते हैं, बहन, देवी। देखा नहीं तुम्हारे चन्दा देने के बाद उनके अगुआ वीरभद्र का चेहरा?"

"खैर, वह बात तुम छोड़ दो। मैं जानती हूं कि ये मज़दूर मुझे कितनी घृणा की दृष्टि से देखने लगे हैं।"

अत्यन्त आश्चर्य से वज़ीरअली ने कहा—"घृणा की दृष्टि से देखने लगे हैं! कैसी बात कहती हो, बहन?"

"जो कुछ मैं कह रही हूं उसका मेरे पास प्रमाण है, वज़ीर।"

"पर मज़दूरों के बर्ताव में फर्क का कोई कारण?"

"कारण...कारण वही मयंक के जन्म का रहस्य।"

"ओह!" वह चुपचाप ऐसा विवश-सा बैठ गया मानो आकाश में किसी बैलून के नीचे बंधा हो।

कुछ देर कोई कुछ न बोला। कुछ समय बाद इन्दुमती ने उस रात के मज़दूरों के वार्तालाप का सारा हाल खूब नमक-मिर्च लगाकर वज़ीरअली को बताया।

कुछ देर बाद वज़ीरअली ने उठते-उठते कहा—"मैं अभी...अभी जा रहा हूं उन बदज़ातों के पास। या तो वे सबके-सब तुमसे यहां आकर क्षमा मांगें या फिर मैं न रखूंगा कोई...कोई सम्बन्ध उनके यूनियन से या उनकी किसी बात से।"

"पर जाने भी दो। वे बेसमझ हैं। धीरे-धीरे खुद ही अपनी भूल जान जाएंगे।" जो इन्दुमती स्वयं मज़दूरों से माफी मंगवाने की बात कहने वाली थी, वही अब यह कह रही थी।

"नहीं, नहीं, यह कभी नहीं...कभी नहीं हो सकता। तुम्हारी बेइज़्ज़ती अब मैं भावी पीढ़ी की बेइज़्ज़ती समझता हूं।"

वज़ीरअली ने इन्दुमती के बिना किसी उत्तर की प्रतीक्षा किए हुए शीघ्रता से प्रस्थान किया।

इन्दुमती ने अब तक जो कुछ भी भला-बुरा किया था अपनी आन्तरिक भावनाओं के अनुसार। उन्हें उसने कभी किसीसे न छिपाया था। आन्तरिक भावनाओं को परदे में रख आन्तरिक भावनाओं के विपरीत दिखावा, आन्तरिक भावनाओं को छिपा, ज़ाहिर में और कुछ बता किसीसे कोई काम कराना, उसके लिए एक नई बात थी।

जार प्रेम, चाहे इन्दुमती नीच न मानती हो, पर समाज नीच मानता था। उस प्रेम से प्रेरित हो इन्दुमती, समाज जिस सेवा को उच्च मानता था, उसका दिखावा कर रही थी। और वह दिखावा न होकर सच्ची बात है यह सिद्ध करने के लिए किसी भी मार्ग, किसी भी व्यक्ति को काम में लाने में उसे कोई संकोच न हो रहा था। इन्दुमती ने इसके पूर्व यह कभी न किया था, और आज यह करते हुए भी उसे अपने कार्य से सन्तोष मिल रहा था, अपनी कार्यपटुता पर हर्ष हो रहा था।

जिस इन्दुमती ने प्रचलित सामाजिक नैतिकता के सम्बन्ध में भी कोई छलछन्द नहीं किया था, वही अब बौद्धिक छलछन्द का मूर्तिमन्त रूप हो गई थी। भावी कोष में शायद बुद्धिमत्ता के अनेक शीर्षक और विभाग किए जाएंगे।

जो कुछ वह कर रही थी उससे इन्दुमती का तो मानसिक अतःपतन हो ही रहा था, परन्तु साथ ही समाज के जिस दायरे में उसका काम हो रहा था, उसे भी उससे (इन्दुमती से) कम भय नहीं था, क्योंकि इन्दुमती के सारे कार्यों का जो उद्देश्य था वह न दीखकर, वे यथार्थ में मज़दूरों के हित में हो रहे हैं, यह दिखाई पड़ता था। मज़दूरों का इन कार्यों से हित हो भी रहा था, अतः इन्दुमती का मिथ्या आचरण सत्य के आवरण से ढक गया था। इस प्रकार की मिथ्या को पूर्ण मिथ्या न कहकर अर्द्ध-मिथ्या ही कहा जा सकता है। अर्द्ध-मिथ्या पूर्ण मिथ्या से भी बुरी चीज़ है। पूर्ण मिथ्या अपने सच्चे रूप में प्रकट हुए बिना क्वचित् ही रहती है, और जब वह प्रकट हो जाती है तब उससे

होने वाली हानि भी बहुत दूर तक रुक जाती है, लेकिन अर्द्ध-मिथ्या में चूंकि सत्यांश मिला रहता है इसलिए एक तो उसका अपने सच्चे रूप में प्रकट होना ही कठिन होता है, दूसरे यदि वह प्रकट भी हो जाए तो पूर्ण रूप से यह सिद्ध नहीं हो पाता कि वह मिथ्या है। एक दल उसे सत्य कहने लगता है तथा दूसरा मिथ्या ; और ऐसी कलहाग्नि उत्पन्न होती है कि दूर-दूर तक उसकी आंच पहुंचे बिना नहीं रह सकती।

सन्ध्या को वीरभद्र के नेतृत्व में एक बहुत बड़े मज़दूर-समूह ने आकर इन्दुमती से अगणित माफियां मांगीं।

20

देश में दिनोंदिन मज़दूर-संगठन बढ़ रहा था। लखनऊ में यह कार्य सोशलिस्ट लीग कर रही थी। लखनऊ के मज़दूर संगठन के लिए वज़ीरअली और उसके साथियों ने दिन और रात एक कर डाला था। हर व्यक्ति इस बात के लिए बेचैन था कि कब उसे त्याग का अवसर मिलता है। इधर कारखानों के मालिक मज़दूरों को अभी कीड़े-मकोड़े और घृणित जन्तु ही समझे बैठे थे।

वज़ीरअली के मज़दूर यूनियन के मज़दूर जिस कारखाने में काम करते थे उस कारखाने के मालिकों और प्रबन्धकों को गिरती हुई कीमतों का सामना करने के लिए यही मार्ग दीखा कि जिस प्रकार भारत सरकार ने दफ्तरों में वेतनों की औसत दस प्रतिशत कम कर दी थी उसी तरह उस कारखाने में भी कर दिया जाए; मज़दूरों को अधिक घण्टे काम करने के लिए विवश किया जाए और कम मज़दूरों से उतना ही काम लिया जाए जितना अधिक मज़दूर करते हैं। तत्काल हुक्म निकल गया कि तीन सौ में से नब्बे मज़दूरों को अपनी नौकरी से हाथ धोना पड़ेगा।

ज्योंही मज़दूरों ने मिल के फाटक पर यह नोटिस लगा देखा, उन्होंने समझ

लिया कि अब लड़ाई का समय आ पहुंचा है। आग पहले ही से लगी हुई थी। इस नोटिस ने तेल का काम किया और शोले भड़क उठे। अन्त में यूनियन ने हड़ताल के पक्ष में निर्णय किया।

हड़ताल का दिन नियत किया गया। हड़ताल के चार दिन पहले सारी बस्ती में हड़ताल-दिवस मनाया गया।

आखिर हड़ताल का दिन आ ही पहुंचा, क्योंकि मिल-मालिक ने मज़दूरों की मांगों को ठुकरा दिया था।

धीरे-धीरे हड़ताल के सात दिन बीत गए। मज़दूर अपनी जगह से ज़रा भी टस से मस न हुए। सरकार और मिल-मालिक ने सारे प्रहार मज़दूरों पर किए। परन्तु इन सब सख्तियों से मज़दूरों के हृदय और दृढ़ हो गए।

कितना काम किया वज़ीरअली तथा वीरभद्र ने इस सप्ताह में और कितनी सहायताएं दीं इन्दुमती ने इन दोनों को ! सभीकी कृति में उतनी ही गति आ गई थी जितनी विचार में।

हड़ताल चलते हुए दो हफ्ते बीत चुके थे। उसके टूटने की कोई सम्भावना न थी। टूटती क्यों ? इन्दुमती के कारण न कोई मज़दूर भूखा मर रहा था, और न किसी प्रकार का अन्य कष्ट ही था।

हड़ताल चलते हुए ही एक दिन रात को करीब दो बजे इन्दुमती के मकान के दरवाज़े ज़ोर-ज़ोर से भड़भड़ाए गए तथा उसे ज़ोर-ज़ोर से पुकारा गया। इन्दुमती चकपकाकर उठी और दरवाज़े खोलकर देखा कि वज़ीरअली उसे पुकार रहा है और दरवाज़े भड़भड़ा रहा है। वज़ीरअली से इन्दुमती को मालूम हुआ कि मज़दूरों के क्वार्टरों में भीषण अग्नि लगी है। अपनी मोटर मंगाने में देर होती, इसलिए उसने वज़ीरअली की टैक्सी में जाना ही उचित समझा।

जब ये दोनों मज़दूरों की बस्ती पहुंचे तब इन्होंने देखा कि मज़दूरों की बस्ती ने ज्वालामुखी का रूप धारण कर लिया है।

वज़ीरअली और इन्दुमती भीड़ को कठिनाई से चीरते हुए वहां तक पहुंच गए जहां क्वार्टरों में रहने वाले मजदूर खड़े थे। इन मज़दूरों में इन्दुमती की आंखें बड़ी आतुरता से किसीको ढुंढ़ने लगीं; परन्तु जिसे वह ढूंढ़ रही थी वह उसे न दीखा। उसका पता उस समय उसे आंखों ने न दे कानों ने दिया। एक मज़दूर इन्दुमती को देख उससे कहने लगा :

"बहनजी, आपने अगर यहां स्वयंसेवकों की भरती न की होती, अगर उन स्वयंसेवकों का सरदार वीरभद्रजी को न बनाया होता तो आज इस बस्ती का एक भी बच्चा न बचता।"

"खुशी हुई मुझे यह सुनकर कि स्वयंसेवकों और वीरभद्रजी ने बच्चों की जान बचा ली। सब बच्चे बच गए न ?"

एक दूसरा मज़दूर बोला—"जहां तक जान पड़ता है, एक को छोड़ सब आग के बाहर आ गए।"

"और एक ?" वज़ीरअली ने पूछा।

"उसे भी ढूंढने वीरभद्रजी गए हैं।"

"इस भीषण अग्नि में !" इन्दुमती के स्वर में चिन्ता, व्यथा और आतुरता तीनों को एकदम मिश्रण हो गया था।

इसी समय उन आग की लाल-पीली चमकीली लपटों में से धुएं के सदृश काली पर कुछ ठोस-सी एक ऊंची वस्तु इन्हीं लोगों की ओर आती दिखाई पड़ी।

ज्वालाओं की पोल के बीच से बाहर निकल यह चीज़ एकाएक गिर पड़ी। इस समुदाय ने देखा कि वह गिरी हुई वस्तु और कुछ न होकर वीरभद्र ही है। वीरभद्र के कमर में एक छोटी-सी वस्तु और बंधी थी।

वीरभद्र अचेत था। वह कई जगह बहुत बुरी तरह झुलसा और जला था। पहने हुए था वह सिर्फ एक लंगोट। उसकी कमर में एक ज़नानी धोती से बंधा हुआ था एक बच्चा, और यह बच्चा भी बेहोश था। दोनों जीवित थे, मरे न थे; यह उनकी चलती हुई सांसों से मालूम हो रहा था।

जिस वक्त यह समुदाय वीरभद्र को अस्पताल ले जाने की तैयारी कर रहा था, उसी समय ज़ोर-ज़ोर से घण्टी बजाता हुआ आग बुझाने का एंजिन पहुंचा।

21

वीरभद्र को अस्पताल में पड़े हुए आज तीसरा दिन था, पर वह न बोलता था और न उसे होश ही आ रहा था। उसका सारा शरीर सफेद पट्टियों से आच्छादित होने के कारण वह काले से एकदम सफेद हो गया था। सांस लेने के सिवा, वह जीवित है इसका कोई सबूत भी न था। डाक्टरों के मतानुसार जीवन और मृत्यु के बीच वह झूल रहा था।

पार्वती भी चिन्ताग्रस्त थी, चैन उसे भी न पड़ता था, पर वीरभद्र की पत्नी होते हुए भी उसकी चिन्ता और बेचैनी का पारा इन्दुमती के सदृश न चढ़ा था।

इन्दुमती ने इन तीन दिनों में क्षण-भर के लिए भी विश्राम न किया था।

सातवें दिन प्रातःकाल वीरभद्र को स्पष्ट रूप में कुछ होश आया। उसने आंखें खोल अचकचाकर अपने चारों ओर देखा और एकाएक कहा—"कहां...कहां हूं...?"

इन्दुमती उसीकी ओर देख रही थी। वह लपककर उसके पलंग पर बैठ उससे बोली—"कहिए, पहचानते हैं मुझे ?"

"हां, हां, इन्दुमतीजी। पर कहां हूं मैं ?"

अब पार्वती भी उसके निकट आ गई और इस बात का उत्तर पार्वती ने दिया—"अस्पताल में हैं आप। और ऐसी सेवा कर रही हैं आपकी इन्दु बहन कि कोई सगी बहन भी न करेगी।"

वीरभद्र को अच्छी तरह बैठने-उठने के लायक होते-होते तीन महीने लग

गए। इन्दुमती ने इन महीनों में कैसी सेवा की उसकी ! पार्वती की सेवा तो इन्दुमती की सेवा के सामने तुच्छ थी।

चौथे महीने में जिस दिन वीरभद्र अस्पताल से निकला, उसी दिन कारखाने वाले और मज़दूरों के प्रतिनिधियों के समझौते के कागज़ पर दस्तखत हुए। मज़दूरों की जीत हो गई।

जब वीरभद्र अस्पताल से निकल रहा था, तब पार्वती ने इन्दुमती को एक ओर ले जाकर कहा—"बहन, तुम्हारे अहसानों से न मैं उऋण हो सकती हैं और न वे, वरन् एक भी मज़दूर नहीं। एक ही प्रार्थना है, जिस तरह तुमने इनका शरीर अच्छा कर दिया, उसी तरह इनका मन भी कर दो।"

"अच्छा-अच्छा, उस ओर भी ध्यान दूंगी, बहन। अब तुम उस सम्बन्ध में भी निश्चिन्त रहो। मैं वचन देती हूं—इस काम को मैं करूंगी।"

हड़ताल में इन्दुमती ने जो कुछ किया था, और हड़ताल के साथ ही वीरभद्र के प्रति, उससे उसे इस बात में तो सन्देह ही न था कि वीरभद्र पर उसका इस समय जितना प्रभाव है उतना किसीका नहीं। हड़ताल के पहले वह ऐसे अवसर की कल्पना कर रही थी जब उसका वीरभद्र पर और अधिक प्रभाव हो सकेगा; पर इस समय वह ऐसे समय की कल्पना भी न कर सकती थी, जब भविष्य में उसका प्रभाव वीरभद्र पर बढ़ सके।

एकाएक लगभग बीस वर्ष पूर्व का इन्दुमती को वह समय याद आया जब उसने अपने प्रति त्रिलोकीनाथ की भावनाओं को जानने के लिए राखी पूनम को अपने उद्यान में एक भोज रखा था और राखी बांधने का प्रपंच रचा था। और यह बात स्मरण आते ही इन्दुमती के मन में उठा कि एक बार वीरभद्र को भोजन के लिए क्यों न बुलाया जाए। त्रिलोकीनाथ की भावनाओं को जानने की इच्छा पर भी उसने उस राखी पूनम के भोज में अपने अन्य मित्रों को भी बुलाया था, पर वीरभद्र को वह चाहती थी सर्वथा एकान्त में। वीरभद्र को बुला, पार्वती और उसकी पुत्री कमला को

न बुलाना कहां तक उचित जान पड़ेगा, यह इन्दुमती के मन में उठा; परन्तु उसी समय उसे याद आ गया अस्पताल से चलते समय पार्वती को दिया हुआ वचन। इन्दुमती ने तय किया कि वह अकेले वीरभद्र को ही बुलाएगी और पार्वती से कह देगी कि वीरभद्र की बुरी आदतें छुड़ाने के लिए उसे अब वीरभद्र के साथ एकान्त में बात करनी होगी। और ज्योंही उसे यह याद आया त्योंही उसके मन में यह भी उठा कि वह वचन तो एक बार नहीं अनेक बार वीरभद्र के साथ एकान्त में रहने में सहायता दे सकता है—कभी उसे भोजन के लिए बुलाने में, कभी उसे साथ-साथ सिनेमा ले जाने में, इत्यादि। अतः उसने एक दिन वीरभद्र को भोजन का निमंत्रण दिया।

आठ बजे रात का निमन्त्रण था। ठीक समय पर वीरभद्र पहुंच गया। इन्दुमती ने बड़े प्रेम तथा उत्साह से उसका स्वागत किया, फिर इन्दुमती उठकर खाने के कमरे में गई। यहां नौकरों ने सारी व्यवस्था ठीक कर रखी थी। इन्दुमती वापस आकर वीरभद्र को ले भोजन के कमरे में पहुंची।

छोटी-छोटी फूली हुई पूरियां वीरभद्र का एक ही कौर होता। कचौरियां, समोसे, बरफियों आदि का भी वह एक ही कौर करता। लगभग आधा घण्टा दोनों के खाने में लगा। इतनी देर में जितना इन्दुमती ने खाया उससे दस गुना वीरभद्र ने। नौकरों को परोसने में चाहे देर होती, पर उसे उसके साफ करने में नहीं।

जिस प्रकार वीरभद्र ने कमरे की सजावट आदि की कोई तारीफ न की थी, उसी तरह भोजन-सामग्री की भी कोई प्रशंसा न की और दोनों हाथ धोकर बैठक के कमरे में आए।

कमरे में आ, बैठते-बैठते इन्दुमती ने कहा—"अब आज तुम्हें गाना भी सुनाऊंगी।"

"अच्छा, तुम गाती भी हो, बहन ?"

"योंही थोड़ा-बहुत।" यह कहकर इन्दुमती हारमोनियम पर बैठी। पहले

कुछ देर उसने सरगम बजाई और फिर गाना शुरू किया। उसने गाया एक शृंगारी पद। पद अश्लील था। गाते-गाते वह मुस्कराते हुए वीरभद्र की ओर देखती भी जाती थी, पर वीरभद्र न पद ही समझ रहा था और न इन्दुमती की मुस्कराहट का कारण।

जब पद समाप्त हो गया तब इन्दुमती ने पूछा—"कहो, पसन्द आया ?"

वीरभद्र ने स्पष्ट उत्तर दिया—"पसन्द तब आता, जब समझ सकता।"

इन्दुमती कुछ सोच में पड़ गई। पर कुछ ही देर में वह बोली—"अच्छा देखो, अब एक ऐसी चीज़ गाती हूं जो तुम ज़रूर समझ जाओगे।" और यह कह इन्दुमती ने फिर गाना शुरू किया :

कांटो लागो, रे देवरिया,
मोसे संग चलो ना जाय।

वीरभद्र हंसते हुए बोला—"हां, इसे...इसे खूब समझता हूं।"

वीरभद्र की बात सुन इन्दुमती हारमोनियम छोड़ उठ खड़ी हुई। जल्दी से दूसरे कमरे में गई और शीघ्र ही लौट भी आई। जब वह लौटकर आई तब छमाछम करती लौटी, पैरों में उसने घुंघरू बांध लिए थे।

अब इन्दुमती ने नाच और उसीके साथ उपर्युक्त गायन शुरू किया। साथ ही वह हाव-भाव बताने लगी।

जब गाना समाप्त हो गया और इन्दुमती कुर्सी पर बैठी तब वीरभद्र ने कहा—"बहन, तुम नाचती भी बहुत अच्छा हो, और बताती भी खूब हो !"

इन्दुमती ने कोई उत्तर न दिया। वह कुछ सोच रही थी।

कुछ देर सन्नाटा-सा रहा।

वीरभद्र फिर बोला—"क्या बहुत थक गई हो ?"

इन्दुमती ने अब कहा—"नहीं, नहीं, मैं कुछ सोच रही थी।"

वह फिर चुप हो गई।

उसे फिर चुप देख वीरभद्र बोला—"क्या सोच रही हो, बहन ?"

इसके उत्तर में भी इन्दुमती को कुछ समय लगा। कुछ समय बाद उसने कहा—"मैं सोच रही थी कि यदि कहीं तुम मेरे देवर होते ! जानते हो देवर का अर्थ क्या है ?"

"क्या ?"

"पति का छोरा भाई। संस्कृत में शब्द है 'द्विवर' अर्थात् वर के बाद देवर दूसरा वर होता है।"

वीरभद्र उसके मुख से देवर का अर्थ सुनते ही उसकी मनोदशा को समझ गया था, पर वह कुछ बोल न सका।

"तुम्हें मेरी बात सुनकर आश्चर्य हो रहा है। तुम्हारा आश्चर्य मैं स्वाभाविक मानती हूं। तुम्हें देखकर मेरे मन में जब प्रथम बार इस प्रकार की भावनाएं उठीं तब मुझे भी अपने ऊपर आश्चर्य हुआ था। पर कुछ चीज़ें दुनिया में ऐसी होती हैं जिनका कारण न समझा जा सकता है और न समझाया। मेरी इन भावनाओं के सम्बन्ध में भी यही कहा जा सकता है।"

"लेकिन...लेकिन, बहन, मैं...मैं तो ऐसी बात सोच...सोच तक नहीं सकता।"

कुछ क्रुद्ध होकर इन्दुमती ने कहा—"तुम वेश्याओं के पास जा सकते हो, तुम...तुम..."

"वह...वह दूसरी बात है, बहन, लेकिन...जिसने बड़ी बहन के समान मेरी सेवा कर मुझे जीवन-दान दिया है, उसे...उसे मैं बेस्या...बेस्या के समान कैसे...!"

"परन्तु...परन्तु, वीरभद्र, जिसने तुम्हें जीवन-दान दिया, उसके मन में तुम्हारे लिए भाई के भाव थे या..."

"उससे मतलब नहीं, मैंने तो उसे बड़ी बहन के समान..."

कुछ और क्रुद्ध होकर इन्दुमती ने कहा—"पर मैं और तुम भाई-बहन

कैसे ? किस मां के पेट से हम दोनों ने साथ-साथ जन्म लिया था ? किस एक कुटुम्ब में हम पैदा हुए हैं ?"

"पर, बहन, एक मां से जन्म न लेने पर भी, एक कुटुम्ब में पैदा न होने पर भी मैंने तुम्हें सदा बहन...बड़ी बहन माना है।"

"मूर्ख ! ...मूर्खता की पराकाष्ठा है यह !" अत्यन्त क्रुद्ध होकर इन्दुमती ने कहा और कुछ रुककर फिर वह बोली—"वेश्याओं से तो मैं अच्छी ही होऊंगी, वीरभद्र !" इस समय उसके मुंह पर क्रोध की लाली और पराजय की पीतती साथ-साथ चित्रित हो गईं।

जब वीरभद्र फिर चुप हो गया तब वीरभद्र की ओर देखते-देखते इन्दुमती रो पड़ी, और रोते-रोते वह कांपने भी लगी। उस समय उसे यह तक समझना कठिन हो गया कि कह कांप रही है या सारा विश्व ! इस कंप के कारण साड़ी का पल्ला उसके सिर से नीचे खिसक गया। उसकी ज़बान से उस समय कुछ न निकल सका, उसे जान पड़ा कि जैसे उसकी जीभ को लकवा मार गया है।

वीरभद्र उसके आंसू न सह सका। जिसने उसकी जान बचाई थी, उसके वर्ग के लिए उसके (वीरभद्र के) कारण इतना किया था, जितना किसीका कर सकना असम्भव था, उसके सामने रो रही थी। वीरभद्र बोला—"बहन, तुम्हारे मुझपर इतने उपकार हैं, जिनसे मैं एक जनम क्या, अनगिनती जनम लेकर भी उरिन नहीं हो सकता।" और इस वाक्य को पूरा करते-करते वीरभद्र की आवाज़ ने डुबकी लगाई, पर कुछ ही सेकण्डों में वह फिर सतह पर आ गई और वीरभद्र कह चला—"तुम्हारी जो भी इक्षा हो उसे पूरा करना मेरा धरम है। तुम्हारा जो भी हुकुम हो उसकी तामील करना मेरा करतब है। लेकिन मुझे समय दो, बहन। चाहे मेरे दकियानूसी ही विचार क्यों न हों, पर मुझे उन्हें बदलने में थोड़ा-बहुत समय तो लगेगा। मुझे अपने को तैयार करने के लिए बखत दो, बहन।"

वीरभद्र ने ये बातें इन्दुमती को छलने या धोखा देने को नहीं कही थीं, यह उसके स्वर और उसकी मुद्रा सबसे जान पड़ता था। इन्दुमती को यह भी

मालूम था कि वीरभद्र के सदृश व्यक्तियों में छलने और धोखा देने की क्षमता ही नहीं होती। वीरभद्र के उपर्युक्त कथन ने उसे शान्त कर दिया। वह कुछ प्रसन्नता से बोली—"हां, हां, समय तुम चाहे जितना ले सकते हो।"

22

इधर इन्दुमती का वीरभद्र के साथ प्रेम-प्रकरण चल रहा था और उधर कानपुर में मज़दूरों की हड़ताल की तैयारियां चल रही थीं। लखनऊ की हड़ताल से यह हड़ताल कहीं बड़ी होने वाली थी, क्योंकि सर रामस्वरूप के जिस कारखाने में हड़ताल होने की बात थी वह कारखाना लखनऊ के कारखाने से कहीं बड़ा था।

जिस दिन कानपुर में हड़ताल होने वाली थी उसके दो दिन पहले तीसरे पहर लखनऊ में सोशलिस्ट लीग के दफ्तर में मज़दूर आन्दोलन के चोटी के नेताओं की हड़ताल के पूरे कार्यक्रम पर विचार करने के लिए एक बैठक हुई।

ज्योंही पूरी योजना तय कर ली गई त्योंही वीरभद्र जो अब तक अधिकतर श्रोता रहा था, बोला—"अब शायद इस योजना के सम्बन्ध में किसीको कुछ नहीं कहना है! पर मुझे कुछ कहना है। मैं चाहता हूं, इस योजना में एक चीज़ को और सामिल किया जाए। सर रामस्वरूप के महल में आग लगाकर उसे राख कर देना।"

सब के सब अवाक्-से रह गए।

अन्त में वज़ीरअली ने कहा—"जिसे कुछ सहना पड़ता है उसके खयालात कैसे हो जाते हैं, इसे वही जानता है जिसने कुछ सहा होता है। जीवन-भर और खास कर लखनऊ की उस आग के दौरान में जितना वीरभद्रजी ने सहन किया है उतना किसी ने नहीं। वीरभद्रजी ने जो कुछ अभी कहा वह उनकी ज़ुबान से न निकल उनकी अन्तरात्मा से निकला है। परन्तु जो प्रस्ताव उन्होंने अभी

रखा उससे हमारा कोई भी मकसद पूरा नहीं होता। यहां पर उपस्थित कोई भी उसके पक्ष में नहीं। फिर यह तजवीज़ ऐसी तजवीज़ भी नहीं जो हमारे पूरे यूनियन के सामने रखी जा सके। इसलिए हड़ताल की हमारी जो योजना है उसमें फिलहाल इस प्रस्ताव को शामिल नहीं किया जा सकता।"

इन्दुमती को छोड़ सब लोग कानपुर के लिए रवाना हुए, जहां से तीन दिन बाद वीरभद्र लौटेगा, यह उसने इन्दुमती से कहा।

इन्दुमती ने तीन दिन जिस प्रकार निकाले उसका ही जी जानता था। ज्यों-ज्यों वीरभद्र के लौटने का समय आता जाता, उसकी आतुरता बढ़ती जाती। कैसी-कैसी कल्पनाएं कर रही थी वह वीरभद्र के पुनरागमन पर उससे मिलने के समय की! पर हैं! यह क्या हुआ? जिस दिन वीरभद्र आने वाला था, उसी दिन उसने यह क्या सुना?

कानपुर से एक महाभयानक खबर लेकर सोशलिस्ट लीग का एक कार्यकर्ता लखनऊ आया। खबर इस प्रकार थी:

"जिस दिन हड़ताल हुई उसी दिन आधी रात के करीब बारह बजे सर रामस्वरूप के महल में आग लगी। आग चारों तरफ से लगी थी, जिससे स्पष्ट था कि वह अपने-आप न लगकर लगाई गई थी। आग इतनी भयानक थी कि क्षणों में सर्वत्र फैल गई। पहले टेलीफोन से आग बुझाने का एंजिन मंगाने का प्रयत्न हुआ। पर टेलीफोन बिगड़ गया था। आदमी खबर देने म्यूनिस्पैलिटी गए। खबर होते ही आग बुझाने का एंजिन म्यूनिस्पैलिटी से महल की ओर चला, पर महल के पास पहुंचते-पहुंचते ड्राइवर गोली से उड़ा दिया गया। सर रामस्वरूप, उनका गोद लिया हुआ लड़का और उसकी औरत इस अग्निकाण्ड में स्वाहा हो गए। महल का कोई हिस्सा और सामान जलने से न बचा। अन्तिम समाचार यह था कि वीरभद्र और उसके आठ साथियों को पुलिस ने इस सम्बन्ध में गिरफ्तार किया है।"

इन्दुमता की यह खबर सुन ऐसी दशा हुई जिसका मिलान न उसके पिता की मृत्यु के समय की उसकी दशा से किया जा सकता था और न ललितमोहन की मृत्यु के समय की उसकी दशा से। जीवन में ये ही दो महान शोक उसने भोगे थे। दूसरे शोक में तो वह पागल हो गई थी। अवधबिहारीलाल और ललितमोहन दोनों का उसपर अगाध प्रेम था। वह भी दोनों को अत्यधिक प्रेम करती थी। दोनों का उससे चिर-वियोग हुआ था।

वीरभद्र का और उसका सम्बन्ध न अवधबिहारीलाल के सदृश स्नेह का सम्बन्ध था और न ललितमोहन के सदश प्रेम का। यदि वह वीरभद्र से प्रेम करती थी तो वह दूसरी प्रकार का प्रेम था और चाहे वह अपने मन में उस प्रेम और ललितमोहन के प्रति उसका जो प्रेम था उससे मिलान करती हो, पर दोनों दो प्रकार के प्रेम थे, दोनों में कोई सामंजस्य न था ; ललितमोहन से विवाह के पश्चात् सुहागरात को उसे एक अनुभव हुआ था कि शारीरिक सम्बन्ध एक-दूसरे को निकट लाने का ज़रिया-भर है। उसे यह अनुभव भी हुआ था कि प्रेम मानवों में ही हो सकता है, पशुओं में नहीं। पशुओं का जीवन उनकी अन्तःप्रवृत्ति के अनुसार चलता है, मानवों का उनकी बुद्धि के अनुसार। प्रेम मस्तिष्क की चीज़ न हो हृदय की चीज़ होने पर भी केवल अन्तःप्रवृत्ति नहीं, उससे परे की वस्तु है। वह यथार्थ में पवित्र है। काम-चेतना तो उसके साथ बहुधा इसलिए आ जाती है कि मनुष्यों के भी शरीर तो है ही। यद्यपि इन्दुमती वीरभद्र के प्रति खिचाव के बाद उस मानसिक स्थिति में न रही थी जिसमें वह ललितमोहन और वीरभद्र के प्रति अपने प्रेम का भेद समझ सके तथापि वह भेद था। तो वीरभद्र के प्रति उसका प्रेम नहीं था, वह एक प्रकार का खिंचाव-भर था, जिसमें बल चाहे जितना ही क्यों न रहे, पर पशुओं के आपसी अन्तःप्रवृत्ति वाले खिंचाव से ही इस खिंचाव का मिलान हो सकता है,

मानवों के पवित्र प्रेम से नहीं।

अवधबिहारीलाल और ललितमोहन के सदृश वीरभद्र से उसका चिर-वियोग भी न हुआ था।

तो अवधबिहारीलाल और ललितमोहन की मत्यु के समय इन्दुमती की जो हालत हुई थी वह इस समय न हुई।

गिरफ्तार वीरभद्र को कानून के चंगुल से, जिस तरह भी हो, बचाना इन्दुमती ने निश्चय किया। वीरभद्र को इस प्रकार कानूनी चंगुल से बचाने का निश्चय करने के बाद इन्दुमती को सर रामस्वरूप के महल और उसी के साथ उन सबके जल जाने से एकाएक सन्तोष-सा हुआ।

वीरभद्र की कृति पर इन्दुमती अब मन ही मन हर्षित-सी हो गई।

अदालत में मुकदमा शुरू हुआ, ज़मानत का तो कोई प्रश्न ही नहीं उठता था, क्योंकि हाईकोर्ट तक से ज़मानत की दरखास्त अस्वीकृत कर दी गई थी।

श्री सुन्दरनाथ की अदालत जेल के बाहर वाले चक्कर में लगाई गई। एक-एक बात को साबित करने के लिए कई-कई गवाह पेश किए गए। पुलिस का आखिरी गवाह मुखबिर दामोदर था।

श्री सुन्दरनाथ ने पुलिस की गवाही खत्म हो जाने के बाद अभियुक्तों के बयान की तैयारी की।

अब पुलिस-पक्ष के कोई गवाह बाकी नहीं रह गए थे, अभियुक्तों का बयान हो चुका था, उन्होंने सफाई पेश करने से इन्कार कर दिया था। मियां फारुकी ने अदालत से कहा कि अब वह मुकदमे पर बहस करेंगे।

उनकी बहस के बाद श्री विश्वेश्वर ने सफाई-पक्ष से बहस की। असेसरों की राय अगले दिन ली गई ; पांच असेसरों में से एक की राय थी कि अभियुक्त छोड़ दिए जाएं, और शेष चारों ने राय दी कि वे दोषी हैं।

दौरा-जज श्री सुन्दरनाथ ने अपना फैसला दो दिन बाद दिया। अदालत खचाखच भरी थी। उन्होंने कहा—"पुलिस की गवाही से यह साफ ज़ाहिर है कि अभियुक्तों की साज़िश से आगज़नी और नर-हत्या हुई है। यह तो नहीं कहा जा सकता कि हरएक अभियुक्त एक ही समान दोषी है, पर यह बात ज़रूर है कि हरएक अभियुक्त ने षड्यन्त्र में भाग लिया, जिसके कारण यह अग्निकाण्ड हुआ। अतएव इन्हें फांसी की सज़ा दी जाती है। दामोदर को सरकार के हुक्म से छोड़ा जाता है।"

हाईकोर्ट की अपील में भी पूरी चहल-पहल रही; पूरा हाईकोर्ट इस संगीन मामले के सुनने के लिए बैठा। दोनों तरफ से खूब बहस हुई।

हाईकोर्ट ने जो फैसला दिया उसका सारांश यह था—"अभियुक्तों ने साज़िश की है, आग लगवाई है और महल के साथ-साथ सर रामस्वरूप को सपरिवार खत्म करा दिया है। इतने पर भी हम इन अभियुक्तों को फांसी की सज़ा न देकर आजन्म कैद काले पानी की सज़ा का हुक्म देते हैं।"

23

वीरभद्र के मुकदमे की समाप्ति के साथ-साथ इन्दुमती की मज़दूरों के प्रति दिलचस्पी भी समाप्त हो गई। ललितमोहन की मृत्यु के बाद उसका पागलपन जाते ही कांग्रेस के कार्य में उसने इसलिए अनुराग लिया था कि वह ललितमोहन को उसके अधूरे कामों को पूरा करने का वचन दे चुकी थी, यद्यपि यह अनुराग भी उसका बहुत दिन न चला था। वीरभद्र के अधूरे कामों को पूरा करने का उसके सामने कोई प्रश्न ही न था, अतः उसने सोशलिस्ट लीग के दफ्तर, मज़दूरों के क्वार्टर आदि सब जगह जाना बन्द कर दिया। हां, वह सोशलिस्ट लीग की सदस्या अवश्य बनी रही। कानपुर की हड़ताल असफल होने से वीरभद्र के मुकदमे

के कारण सोशलिस्ट लीग का अन्य कार्य भी प्रायः बन्द-सा हो गया था। सोशलिस्ट लीग के कार्यकर्ताओं को अब कोई नये काम की ज़रूरत थी। यह उन्होंने किया कम्यूनिस्ट दल में अपनी सोशलिस्ट लीग का विलयन करके। कम्यूनिस्ट संगठन इस समय सारे देश में खूब बढ़ गया था तथा और बढ़ता जा रहा था।

पार्वती और कमला से भी इन्दुमती किसी तरह अपने को मुक्त कराना चाहती थी। बहुत सोचने के बाद उसने एक को वनिताश्रम और दूसरी को अनाथालय में भरती करा दिया। पार्वती को यह अच्छा न लगा। पर वह करती ही क्या! मजदूरी करने के वह योग्य न थी, अतः विवश थी।

इन चार वर्षों में जैसा तेज़ी से लखनऊ और कानपुर में मज़दूर आन्दोलन और वीरभद्र का मुकदमा चला था, वैसी ही तेज़ी से संसार और भारतवर्ष में अनेक घटनाएं घटी थीं। जर्मनी में हिटलर अधिकार में आ गया था तथा इटली के मुसोलिनी के फासिस्ट दल के समान ही जर्मनी में नात्सीदल बना था। भारत में सन् 35 में नया गवर्नमेण्ट अफ इण्डिया एक्ट आया था। सन् 34 में पुराने विधान के अनुसार ही केन्द्रीय असेम्बली और सन् 36 के प्रान्तीय असेम्बलियों के चुनाव हुए थे। और फिर प्रान्तों में अस्थायी मन्त्रिमण्डलों के बाद कांग्रेस मन्त्रिमण्डल बने थे।

और जिस तेज़ी से इन चार वर्षों में संसार और भारतवर्ष में ये घटनाएं घटी थीं उसी तेज़ी से मयंक का शरीर और बुद्धि भी बढ़ी थी। स्कूल में पढ़ते हुए उसे चौथा वर्ष चल रहा था। घर में भी उसकी पढ़ाई के लिए योग्य शिक्षक रखा गया था। उसके पढ़ने-लिखने का सारा इन्तज़ाम वज़ीरअली के ज़िम्मे था और अन्य कामों में व्यस्त रहते हुए भी वज़ीरअली उसकी पढ़ाई की ओर सदा ध्यान रखता था।

इन्दुमती फिर से मयंक की ओर आकृष्ट हो गई थी। वीरभद्र के आकर्षण

के बाद इन्दुमती ने जब मयंक को आया के सिपुर्द किया था और उस समय मयंक को जो डांटा-डपटा गया था तथा दो-चार बार चपत भी जड़ी गई थीं, उसे मयंक भी भूल गया था। मयंक ने मां से आकर कहा—"मां, मुझे बाबूजी की कुछ छोटी-छोटी तस्वीरें चाहिए।"

इन्दुमती ने कुछ आश्चर्य-भरे स्वर में पूछा—"क्यों, बेटा ?"

"मेरे स्कूल के कुछ दोस्तों को देना है।" सहज भाव से लड़के ने उत्तर दिया।

"स्कूल के लड़कों को तेरे बाबूजी की तस्वीरें !" कुछ अधिक आश्चर्य से इन्दुमती बोली।

"हां, मां, कुछ लड़कों ने कहा है कि मेरे बाप ही नहीं थे। भला बताओ तो, दुनिया में बाप के बिना कोई हो सकता है ?"

इन्दुमती के चेहरे का सारा रंग गायब हो गया; इतना ही नहीं, उसे चक्कर-सा आ गया।

जब इन्दुमती ने कुछ न कहा, तब लड़के ने इन्दुमती को कुछ हिलाते हुए कहा—"दोगी न, मां, मुझे बाबूजी की छोटी-छोटी तस्वीरें ?"

इन्दुमती चौंक-सी पड़ी और अपने को सम्हालते हुए उसने जल्दी से कहा—"हां, हां, ज़रूर...ज़रूर दूंगी।"

मयंक प्रसन्न हो खेलने चल दिया और इन्दुमती अपने सोने के कमरे में पलंग पर जाकर गिर-सी पड़ी। कई वर्षों के बाद आज फिर से वही प्रश्न उठा था और इस बार उठा था उसके स्वयं के सम्बन्ध में नहीं, उसके लड़के के सम्बन्ध में। इन्दुमती के मन में उठा—'तो...तो क्या यह समाज मेरे पुत्र पर भी प्रहार करेगा !'...हठात् वह ज़ोर से कहने लगी—"तैयार करूंगी, मयंक को भी समाज का सामना करने के लिए...ज़रा और बड़ा हो जाए...ज़ुरा और समझ आ जाए।"

24

ग्रेट ब्रिटेन के प्रधानमन्त्री मि० चेम्बरलेन ने जर्मनी के पोलैंड पर आक्रमण करते ही 3 सितम्बर सन् 39 के ग्यारह बजे दिन को जर्मनी से युद्ध की घोषणा कर दी। उसी दिन चार बजे सन्ध्या को फ्रांस की जर्मनी पर युद्ध-घोषणा हुई। चीन और जापान का युद्ध चल ही रहा था। भारत था परतन्त्र और परतन्त्र भारत की ओर से भारत के वाइसराय ने बिना भारतीय नेताओं अथवा भारतीय व्यवस्थापिका सभाओं से सलाह लिए इस युद्ध में भारत को भी सम्मिलित कर दिया। इस प्रकार सितम्बर की काली घटाओं के साथ ही युद्ध की काली घटाओं ने भी भारतीय प्रकाश को ढक लिया।

भारत की कम्युनिस्ट पार्टी इस समय गैर-कानूनी घोषित की जा चुकी थी। कुछ साम्यवादी नेता गिरफ्तार हो चुके थे, जो देवली कैम्प में रखे गए थे, और कुछ फरार थे। फरार नेताओं की गिरफ्तारी के लिए सरकार द्वारा इनामें घोषित थीं।

एक रात बिजली चमक रही थी, बादल गरज रहे थे, रिमझिम वर्षा हो रही थी। ऐसे समय वज़ीरअली बिलकुल अकेला बगल में पोस्टर दबाए छुपता-छुपता दीवारों पर पोस्टर लगाता फिर रहा था। अपने संतोष के लिए उसने अपनी टार्च निकालकर पोस्टर पर डाली, और अभी वह पहली पंक्ति भी न पढ़ने पाया था कि किसीके टार्च की तेज़ रोशनी ने उसकी आंखों में चकाचौंध पैदा कर दी। इसके पहले कि वह संभले, उसे तेज़ सीटियों की आवाज़ सुनाई दी और उसने देखा कि चार-पांच पुलिस के जवान उसकी ओर बढ़े चले आ रहे हैं।

वज़ीरअली हज़रतगज के थाने पर लाया गया। उसकी तलाशी ली गई। जेब में एक माचिस की डिब्बी, तीन पैसे और एक फटा हुआ रूमाल निकला।

जब दिन निकला तो वज़ीरअली के सैल के बाज़ू वाले सैल में

इन्दुमती भी बन्द थी। यद्यपि इन्दुमती युद्ध-विरोधी कोई काम न कर रही थी, परन्तु वज़ीरअली की जेब से जो माचिस की डिबिया निकली उसपर इन्दुमती का नाम लिखा रहना ही इन्दुमती की गिरफ्तारी के लिए पर्याप्त कारण था।

दोनों को भारत रक्षा कानून का मुलज़िम करार दिया गया और इन्दुमती को लखनऊ जेल तथा वज़ीरअली को देवली कैम्प भेज दिया गया।

इसके छः महीने बाद तक यूरोप में लड़ाई चलते रहने और भारत में व्यक्तिगत सत्याग्रह चलते रहने के सिवा कोई नई घटना न हुई। पर ता॰ 22 जून सन् 41 को यूरोप की लड़ाई में एक बड़ी भारी बात फिर हुई। यह थी जर्मनी का रूस पर आक्रमण।

ग्रेट ब्रिटेन और रूस का अब समान शत्रु जर्मनी हो गया। कम्युनिस्ट पार्टी पर से प्रतिबन्ध हटा और अधिकांश साम्यवादी कैदी छोड़ दिए गए। इन्दुमती और वज़ीरअली भी छूटे।

25

सन् 41 का अक्टूबर महीना था। मयंकमोहन का तेरहवां वर्ष समाप्त हो, चौदहवां वर्ष चल रहा था।

वह इस समय प्रेम और परिचय का ही सबसे अधिक इच्छुक था। वह ललितमोहन के समान न होने पर भी ललितमोहन के सदृश सुन्दर था। जितना वह सुन्दर था उतना ही पढ़ने-लिखने में तेज़। परन्तु यह सब होने पर भी, प्रेम और परिचय की इच्छा रखते हुए भी, वह किसीकी ओर अग्रसर न हो पाता था। इन्दुमती उसे कितना चाहती थी, यह वह जानता था, पर वह मां से वैसा स्नेह न करता जैसा मां उससे; बल्कि दूसरों की अपेक्षा भी वह मां से अधिक विलग रहता। मयंक के यहां डाक्टर त्रिलोकीनाथ तथा वज़ीरअली को छोड़कर और कोई न आता। इन दोनों से मयंक घृणा करता, और अनेक

बार यह घृणा प्रकट भी हो जाती। उसे न जाने कसा सन्देह था इनके और अपनी मां के आपसी सम्बन्ध के विषय में।

अब तक हर त्यौहार पर वह मां के पैर छूने जाता था। इस बार मां लगभग सवा वर्ष तक जेल में रहकर लौटी थी, पर इस दशहरे को वह मां के पास न गया। दिनभर वह अपने कमरे में ही बन्द-सा रहा। जब अंधेरा हो चला तब नौकर ने आकर कमरे की बत्ती जला दी। अब मयंक शौच तथा स्नान के लिए गुसलखाने जाने को उठा। जब वह स्नान कर लौटा तो उसने देखा कि उसके लिखने के टेबल पर एक छोटा-सा फाइल रखा हुआ है। वह फाइल उसका नहीं था अतः उसे कुछ कौतूहल-सा हुआ। उसने जल्दी से उसे उठाकर खोला और देखा कि उसमें पहले-पहल अंग्रेज़ी का छपा हुआ एक लेख है। लेख का शीर्षक था—'आर्टीफिशल इनसेमिनेशन'। शीर्षक से लेख उसकी समझ में न आया और उसने पढ़ना आरम्भ किया। कुछ समझ में आया और कुछ नहीं। छपे लेख के बाद उसने हिन्दी में उसका अनुवाद फाइल में देखा। यह लिखा हुआ था और अक्षर थे इन्दुमती के। उसने इस अनुवाद को पढ़ा और सब विषय को समझ गया।

मयंक ने कितने चाव तथा कैसे वेग से इस सारे फाइल को पढ़ डाला! उसकी आंखों के सामने का परदा-सा फट गया और सारे भूतकाल के दृश्य को उसकी आंखों से निकलने वाले आंसुओं ने धोकर साफ-सा कर दिया। उसके मुंह से हठात् निकलने लगा—'तो...तो मेरी मां...मेरी मां ऐसी...ऐसी हैं!... उन्होंने कोई बुरा काम नहीं किया।...वे कैसी शुद्ध...कैसी पतिपरायणा...कैसी साध्वी हैं। तो...तो यह रहस्य है, बाप की मृत्यु के तीन वर्ष पश्चात् मेरे जन्म का! यह रहस्य है मेरे उनसे मिलते-जुलते होने का। और...और मैंने वृथा... वृथा ही डाक्टर त्रिलोकीनाथ तथा वज़ीरअली से भी घृणा की।...आह! क्या-क्या...क्या-क्या मैं सोचता था इनके सम्बन्ध में!'

मयंक ने उस फाइल को अपनी आलमारी में बन्द कर फिर से अच्छी तरह

मुंह धो, बड़ी सावधानी से अपने बाल संवारे। अच्छे से अच्छे खादी के रेशमी कपड़े पहने। और इसके पश्चात् मां के पास जाकर महान श्रद्धा एवं प्रेम से इन्दुमती के पैर छुए। मयंक ने मां को कुछ कहा नहीं, पर उसकी मुद्रा से इन्दुमती सभी कुछ समझ गई। आखिर फाइल वही तो मयंक के कमरे में रखकर आई थी; इतने पर भी न समझती पुत्र की भावनाओं को!

मयंक दशहरे की छुट्टियों के बाद स्कूल खुलने के समय का बड़ी आतुरता से रास्ता देख रहा था। वह सोचता रहता कि स्कूल के सारे शिक्षकों और लड़कों से अब वह एक नये ढंग से मिलेगा। उनसे एक नये प्रकार से बात करेगा। कुछ लड़कों को उस फाइल को भी दिखाएगा। उसे अपने जीवन में बिना जाने ही एक नया रस मालूम पड़ता था।

आखिर किसी तरह स्कूल खुला। वह आज अपने साथ अपने चमड़े के बस्ते में उस फाइल को भी ले गया था, पर एक शिक्षक महोदय को बताने के पहले उसने वह फाइल किसी अन्य को न बताने का निश्चय किया था। वह एक ऐसे ढंग से लड़कों से मिला, उसने इस प्रकार शिक्षकों से अभिवादन किया, जैसे वह किसी निम्न श्रेणी से एकदम किसी ऊंची श्रेणी में आ गया है।

जब उन शिक्षक की क्लास खत्म हुई, तब मयंक जल्दी से उनके निकट पहुंचा और उनसे बोला—"सर, आज मैं छुट्टी के बाद आपका कुछ वक़्त एकान्त में चाहता हूं।"

"हां, हां, छुट्टी के पश्चात् मेरे घर आ जाना।"

आखिर किसी तरह छुट्टी हुई। मयंक जल्दी से शिक्षक के घर पहुंचा, उसी समय साइकल पर शिक्षक आ गए।

शिक्षक ने स्नेहपूर्ण स्वर से कहा—"कहो, मयंक ?"

उसने धड़कते हृदय और कांपते हाथों से अपने बस्ते में से वह फाइल

निकाला और बिना कुछ कहे उसे शिक्षक को दे दिया। शिक्षक फाइल ले खोलकर उसे देखने लगे और मयंक टकटक उनका मुख। कैसे ज़ोर-ज़ोर से धड़क रहा था उसका हृदय !

पहले कुछ देर गौर से देखने के बाद शिक्षक ने उस फाइल के कागज़ों को इधर-उधर से उलटकर देखना आरम्भ किया और फिर फाइल बन्द कर टेबल पर रखते हुए बोले—"मैं यह सारा हाल जानता हूं, मयंक।"

शिक्षक कुछ ठहरकर फिर बोले—"तुमको यह वृत्त शायद अब मालूम हुआ है ?"

"जी हां, दशहरे के दिन।" मयंक ने गला साफ करते हुए कहा।

मयंक के होंठ सूख गए थे, उसने होंठ गीले करते हुए कहा—"मां के इस...इस काम को आप...आप उचित समझते हैं या नहीं ?"

कुछ मुस्काते हुए शिक्षक बोले—"तुम जानते हो कि मैं बहुत साफ-साफ कहने-सुनने वाला आदमी हूं।"

"सारा स्कूल यह जानता है; और इसीलिए तो मैं यह फाइल मिलते ही आपके पास आया हूं।"

"मेरी राय यह है कि तुम्हारी मां ने उचित काम नहीं किया।" दृढ़ता-भरे स्वर में शिक्षक ने कहा।

मयंक का मुंह एकदम से उतर गया। उसने कुछ कहा नहीं। शिक्षक भी चुप हो गए। थोड़े समय के पश्चात् मसनद से टिकते हुए शिक्षक ने कृत्रिम गर्भाधान के विरोध में एक लम्बा व्याख्यान ही दे डाला।

चौदह वर्ष के मयंकमोहन के लिए उसके शिक्षक का वह भाषण शायद आवश्यकता से अधिक गम्भीर था। पूरी बातें उसकी समझ में नहीं आई थीं, इतना ही नहीं, पर जो कुछ उसकी समझ में आया था उसने भी उसके हृदय पर कुछ उल्टा-सीधा असर किया। वह बार-बार सोचने लगा—'किसी तरह यदि इस मां से मेरा पिण्ड छूट सकता !'

उसने फिर मां के पास जाना छोड़ दिया और दिन-रात पुनः उसी प्रकार का एकाकी जीवन बिताने लगा।

इन्दुमती से मयंक को दुबारा यह परिवर्तन छिपा न रहा। उस फाइल को पुत्र को दे वह अपना अन्तिम शस्त्र चला चुकी थी। वह बार-बार सोचने लगी कि उसके पिता अवधबिहारीलाल उससे जैसी स्पष्ट बातें कर सकते थे, वैसी वह मयंक से क्यों नहीं कर सकती। जिस बात का उत्तर उसे अनेक बार के प्रश्नों पर न मिला था, एकाएक एक दिन सूझ पड़ा—अवधबिहारीलाल ने सिद्धान्तों पर बातें करने के सिवा कोई भी कार्य समाज की प्रचलित नैतिकताओं के विरुद्ध न किया था; परन्तु वह तो कुछ कर चुकी है, और जो कुछ वह कर चुकी है, उसे जब उसका पुत्र तक उचित नहीं मानता, फाइल पढ़ लेने पर भी नहीं, तब वह प्रत्यक्ष में उससे कौन-सी बात करे ? वह मयंक को समाज का सामना करने के लिए तैयार करना चाहती थी, पर उसने देखा कि यह तभी सम्भव था जब उसने भी अवधबिहारीलाल के समान सिद्धान्तों पर केवल बातें ही बातें की होतीं। उसके लिए अब पुत्र को समाज का सामना करने के लिए तैयार करना सर्वथा असम्भव था।

26

सन् 42 में गान्धीजी ने ऐलान किया—"अंग्रेज़ भारत छोड़ें।"

वज़ीरअली इस समय बम्बई आया हुआ था। उसने कम्यूनिस्ट पार्टी के नेताओं को बहुत समझाया कि वे रूस की ओर देखना छोड़ भारत की इस आज़ादी की लड़ाई में हिस्सा लें; पर उन्होंने जब वज़ीरअली का कहना न माना, तब वह अपने कुछ मित्रों के साथ कम्यूनिस्ट पार्टी से इस्तीफा दे इस क्रान्ति में सम्मिलित हो गया।

सन 42 के अक्टूबर में वह गिरफ्तार कर लिया गया।

इन्दुमती को जेल से छूटे काफी समय हो चुका था। इन्दुमती ने सन् 42 के आन्दोलन की ओर दृष्टिपात तक न किया। मयंक को कृत्रिम गर्भाधान वाला फाइल दिए उसे करीब एक वर्ष हो गया था। इस फाइल को देखने के पश्चात् मयंक का उसके प्रति व्यवहार एक बार सुधरने के बाद बहुत जल्दी फिर बिगड़ गया था। इस अन्तिम बिगाड़ के पश्चात् तो मयंक उसके पास आता ही न था। इन्दुमती की मनःस्थिति अच्छी न रहती थी। उसके मन में बार-बार उठने लगा—'मैं सुलग रही हूं और धीरे-धीरे सुलग रही हूं। किसी तरह ज्वालामुखी के समान यदि फट पड़ती।' हठात् इन्दुमती के मन में आया—'क्यों आज मैं अपने पिता के उस उपदेश को कि 'विश्व में निज का व्यक्तित्व ही सब कुछ है' कार्य रूप में परिणत नहीं कर सकती ? यथार्थ में मैंने अब तक मां के उपदेश को कि 'स्त्री का विकास तो पत्नीत्व और मातृत्व में ही है' कार्य रूप में परिणत किया है। दोनों में मैं असफल रही। पिता के कथन पर तो अब तक मैंने कभी अमल ही नहीं किया।' उसे अपने सारे जीवन की एक-एक घटना याद आने लगी। शनैः-शनैः उसने समस्त जीवन का फिर से सिंहावलोकन कर डाला और उसने देखा कि जन्म लेने की गलती के सिवा जीवन की सारी गलतियां उसीकी की हुई थीं। उसे जान पड़ा कि उसका जीवन था उसके माने हुए सारे सिद्धान्तों का खण्डहर। कुछ देर को उसे ज्ञात हुआ जैसे सब कुछ राख हो चुका है और किसी कृति द्वारा इस राख में से ज्वालाएं नहीं पैदा की जा सकतीं। इन्दुमती के मन में आत्महत्या की बात उठी, पर इस बात को मन से निकाल फेंकने में उसे बहुत थोड़ा समय लगा। उसके मन में आया—इस समय का जीवन बुरा होगा, परन्तु मृत्यु जीवन से अच्छी कैसे हो सकती है; वह मृत्यु जिसके समीप वह सन् 18 के इन्फ्लुएन्जा में पहुंच चुकी थी, वह मृत्यु जिसे उसने अपने पिता और पति पर आघात करते देखा था। और जब वह यह सोच ही रही थी, उसी समय उसे अपनी पढ़ी हुई एक चीज़ याद आई। उसने कहीं पढ़ा था—'इच्छाओं और जीवन की अभिलाषा का कभी अन्त

न होने देना सबसे महान बात है।'

यह याद आते ही वह सोचने लगी—'आज भी यदि मैं अपने को ही केन्द्र मानकर सब कुछ अपने लिए करूं, संसार की समस्त वस्तुओं को अपने आनन्द के लिए साधन मानूं, तो क्या मेरा जीवन सफल तथा सुखी नहीं हो सकता ?' और यह विचारते-विचारते उसने एक बड़े शीशे में अपने को सिर से पैर तक देखा। जिस तरह आज उसने अपना अवलोकन किया, उस प्रकार वीरभद्र की गिरफ्तारी के पश्चात् कभी न किया था। उसने देखा कि बयालीस वर्ष की होने पर भी वह अभी भी सुन्दर है। कानों के निकट कुछ बाल सफेद ज़रूर हो गए हैं, पर उन्हें काले कर लेना कठिन नहीं। आंखों के चारों ओर कुछ श्यामता भी आ गई है तथा कुछ शिकन भी है, लेकिन आजकल कितनी तरह के रोगन और पाउडर निकल आए हैं। उसने 'लिपिस्टिक', 'नेलपेण्ट' आदि अब तक कभी काम में ही नहीं लिए थे। उन्हें उपयोग में लाने पर तो शायद वह इतनी सुन्दर दिखेगी जितनी इसके पहले कभी दिखी ही न होगी। और इन खादी के कपड़ों को छोड़कर यदि वह पुनः वैसे ही कपड़े पहनने लगे, जैसे सन् 21 के पहले पहनती थी, कितनी खूबसूरती बढ़ जाएगी उसकी ! तब ...तब फिर से लोटने लगेंगे ये सामाजिक कुत्ते उसके चरणों में और...और वह उन्हें किस तरह दुतकारेगी।

उसने अपना 'बैंक बैलेन्स' देखा। मज़दूर आन्दोलन, वीरभद्र के मुकदमे आदि में सहायता देने के पश्चात् भी पिता उसे जितना दे गए थे उससे उसने अपना 'बैंक बैलेंस' कितना बढ़ा लिया था।

फिर वह चित्रकार है, संगीतज्ञ है। कला उसे कितना आनन्द दे सकती है। मयंक भी आखिर उन्हीं परमाणुओं का संग्रह है। क्या वह मयंक को नहीं छोड़ सकती ? और यथार्थ में मयंक ने उसे त्याग दिया है। तब वह यह कमज़ोरी क्यों दिखा रही है ? निर्बलता को उसने हमेशा ही ठुकराया है। अब तो ऐसा मौका है, जब उसे इस कमज़ोरी को इस ज़ार

क ठोकर मारनी चाहिए, जैसी उसने इसके पहले कभी न मारी थी। हां, मयंक को वह दुनिया में लाई है, अतः उसके लिए समुचित प्रबन्ध कर देना भी उसका काम है। काफी स्थावर सम्पत्ति है। यदि इस सम्पत्ति का ट्रस्ट बना, सारा नकद रुपया स्वयं ले, इस घर को वह सदा के लिए छोड़ दे। अपना नाम, अपना वेश, सब कुछ बदल फिर से यदि एक नया गोता इस संसार-समुद्र में लगावे और इस बार पिता के उस उपदेश का अक्षरशः पालन करने के लिए, तो? मयंक का भी शायद इसीमें अधिक कल्याण होगा। वह जैसा उचित समझेगा, समाज से बर्तेगा; सामना करना होगा, सामना करेगा; शरण जाना होगा, शरण जाएगा। समझने सब कुछ लगा ही है। दो-तीन वर्ष में बालिग हुआ जाता है। मां हैं ही। जब वह (इन्दुमती) चल देगी, तब यह निरर्थक पूजा-पाठ छोड़, मां उसे बालिग होने तक आप ही संभालेंगी। और जब वह चल देगी, तब शायद मयंक को भी मालूम होगा कि वह कैसी थी।

कई दिनों के मानसिक संघर्ष के पश्चात् इन्दुमती ने गृहत्याग का निश्चय किया।

उसने बिना किसीको भी जनाए, लखनऊ के एक वकील से अपनी स्थावर सम्पत्ति का मयंक की नाबालगी तक के लिए ट्रस्ट लिखवाया। ट्रस्टी नियुक्त किए—सुलक्षणा और त्रिलोकीनाथ। स्थावर सम्पत्ति की आमदनी में से सुलक्षणा तथा मयंक के खर्च के लिए काफी से ज़्यादा रकम मुकर्रर की और वकील को ज़रूरत से कहीं अधिक फीस देकर उसे अपनी गैरहाज़िरी में सुलक्षणा और त्रिलोकीनाथ से मंज़ूरी लेकर ट्रस्टडीड की रजिस्टरी का काम सौंपा। उसने वकील साहब से कह दिया कि वह दोनों के नाम चिट्ठी छोड़ जाएगी, और उसे विश्वास है कि उसकी गैरहाज़िरी में दोनों ट्रस्टी होना मंज़ूर कर लेंगे। इस सम्बन्ध में अपनी तरफ से कुल कानूनी कार्रवाई करने के लिए उसने उस वकील की राय से एक सज्जन को अपना मुख्तारनामा दिया

और उसीके साथ इतना बड़ा शुकराना, जितना उसे जन्म-भर में कभी किसी एक जगह से न मिला था। उसने वकील को अपना पता भी भेजने को कह दिया, जहां वह पन्द्रह दिन तक रहेगी। वकील इसके अन्दर कुल कानूनी कार्रवाई निपटाकर उसे सूचना भेज दें, पर उसके पते को अपने पास तक ही रखें। इसके बाद उसने सारा 'बैंक बैलेन्स' इम्पीरियल बैंक, इलाहाबाद बैंक और सेण्ट्रल बैंक में शशिबाला के नाम से कराया और स्वयं अपना नाम शशिबाला रख, बैंकों पर चैक काटने के लिए अपने नये हस्ताक्षर का नमूना दे दिया।

एक दिन प्रात:काल सुलक्षणा और त्रिलोकीनाथ दोनों को एक-एक छोटा-सा पत्र मिला। दोनों पत्रों का मज़मून एक-सा था :

"अपने और मयंक दोनों की हित-दृष्टि से मैं हमेशा के लिए घर छोड़ रही हूं। मयंक की नाबालगी तक जायदाद का एक ट्रस्ट बना जाती हैं। आप ट्रस्टी होना मंज़ूर न करेंगे तो मयंक के साथ घोर अन्याय होगा। ट्रस्ट का कुल कानूनी काम श्री अयोध्याप्रसाद जी वकील निपटाएंगे।

मेरी खोज-खबर की कोई कोशिश न की जाए, इसे मैं अक्षम्य मानूंगी।

...इन्दुमती"

दोनों पत्रों में सम्बोधन भिन्न-भिन्न थे : एक में 'पूज्य मां' और एक में 'प्रिय त्रिलोकीनाथजी'।

सुलक्षणा ने जब यह पत्र पाया, तब अपना सिर ठोककर इतना ही बोलीं—"हे भगवान ! यह बेटी...!"

त्रिलोकीनाथ तत्काल अयोध्याप्रसाद वकील से मिला और इसके बाद सुलक्षणा से।

जब मयंक को यह मालूम हुआ, तब उसके हर्ष का ठिकाना न रहा।

और शशिबाला को उसके नये पते पर पन्द्रह दिन के अन्दर ही यह चिट्ठी मिल गई कि सारी कानूनी कार्रवाई समाप्त हो गई है। चिट्ठी के साथ ही

ट्रस्टडीड की रजिस्ट्रार की मुहर वाली प्रतिलिपि भी थी। शशिबाला ने उसी दिन अपना वह पता भी बदल दिया।

27

गत छः महीनों से शशिबाला सारे भारतवर्ष में चक्कर लगा रही थी। कितने पहाड़, कितनी गुफाएं, कितने खण्डहर, कितने ऐतिहासिक स्थान, कितने अजायबघर उसने देखे थे। कितने चित्र बनाए थे। कितनी जगह उसका मान-सम्मान हुआ था। कितनों को उसने कुत्तों के सदृश दुतकारा था। बचे हुए वक्त में वह साहित्य पढ़ती रहती थी। उसकी कोशिश यह भी थी कि उसे इस जीवन को बिताते हुए क्षणमात्र का अवकाश भी अपने पुराने जीवन पर विचार करने के लिए न मिले। इतने पर भी कई बार अचानक कैसे याद आ जाते उसे ललितमोहन और मयंकमोहन। हां, वीरभद्र अब उसके स्मृति-पटल से विलुप्त-सा हो गया था। कभी-कभी तो उसे अब इस बात पर आश्चर्य होता था कि वह वीरभद्र के प्रति उस प्रकार आकर्षित कैसे हुई।

सन् 43 की मई के मध्य में शशिबाला प्लेन द्वारा अमरीका के लिए रवाना हुई। उसने अमरीका की 'अमोवा' यूनिवर्सिटी के एक भारतीय प्रोफेसर सुधीन्द्र बोस की 'अमरीका में पन्द्रह वर्ष' नामक पुस्तक साथ में ले ली थी।

करीब छः हफ्ते में शशिबाला ने अमरीका देश के मुख्य-मुख्य स्थानों और चीज़ों को देख डाला, खास-खास व्यक्तियों से मुलाकात कर ली। कुछ स्थानों के उसने चित्र भी बना डाले और फिर वह डॉक्टर कुमारस्वामी से मिली।

शिल्प तथा चित्रकला के विवेचन के बाद डॉक्टर कुमारस्वामी से उसे मालूम हुआ कि जहां तक नृत्यकला का सम्बन्ध है वहां तक अब यह मत

सभी निष्पक्ष कलावेत्ताओं ने मान लिया है कि संसार में सर्वप्रथम नृत्यकला का प्रादुर्भाव और विकास भारत में ही हुआ। भारतीय नृत्यकला के पांचों विभाग 'भरत नाट्य', 'कथाकली', 'कथक', 'गरभा' और 'मनीपुर नृत्य' की विशेष-विशेष बातों को भी शशिबाला ने डॉक्टर साहब से समझा।

और जब कुमारस्वामी मैडम पवलवा का वृत्तान्त कह रहे थे तब शशिबाला के मन में एकाएक आया, यदि वृद्धा मैडम पवलवा 'राधाकृष्ण' नृत्य में मनुष्यों के समुद्र उमड़वा सकीं तो क्या वह इस अवस्था में यह नहीं कर सकती ?

शीघ्र ही डाक्टर कुमारस्वामी के सहयोग से न्यूयार्क के सबसे बड़े थियेटर 'रेडियो सिटी' में शशिबाला के नृत्य का कार्यक्रम रखा गया। जब यह समाचार अमरीका के समाचारपत्रों में छपा और इस समाचार के साथ डाक्टर कुमारस्वामी तथा नर्तकी शशिबाला का नाम, तब अमरीका का सारा सभ्य समाज इस थियेटर पर उलट पड़ा।

शशिबाला से अधिक सुन्दर रमणी को इसके पहले शायद अमरीका-निवासियों ने कभी न देखा था। नये ढंग से रहना आरम्भ करने के पश्चात् शशिबाला ने अपनी उम्र दस-बारह वर्ष तो स्वयं ही कम कर ली थी। आज उसका 'मेक अप' हुआ था हालीवुड से बुलाए गए एक 'मेक अप' के विशेषज्ञ द्वारा। शशिबाला स्टेज पर बाईस-तेईस वर्ष से अधिक की न दिखती थी। उसके मुख और अंग की सुषमा रश्मियों के समान फैल रही थी।

दूसरे दिन अमरीका के अधिकांश पत्र उसकी तस्वीरें, परिचय और उसकी नृत्यकला के सम्बन्ध में भरे हुए थे। अनेक पत्रों ने उसके नाच की तारीफ करते हुए उसपर सम्पादकीय लेख और टिप्पणियां भी लिखी थीं।

न्यूयार्क में इस नृत्य की इतनी ख्याति हुई कि शशिबाला को वहां इसके कई प्रदर्शन देने पड़े। फिर शशिबाला के नृत्यों का दौरा आरम्भ हुआ। नृत्यों

के साथ उसके चित्रों की प्रदर्शनियां भी होती। दोनों प्रोग्रामों में एक नई विशेषता थी। टिकटों का रुपया दान में जाता, तथा चित्र बिकाऊ न थे, यह लिखा रहता।

शशिबाला को घर छोड़े एक वर्ष पूरा होने को आ रहा था। लगभग छः महीने उसने भारत-भ्रमण किया था और करीब छः महीने से वह अमरीका में थी। अवधबिहारीलाल के उपदेश का कि 'संसार में निज का व्यक्तित्व ही सब कुछ है' उसने इस एक वर्ष में अक्षरशः पालन किया था। अपने को ही वह केन्द्र तथा दुनिया की समस्त वस्तुओं को अपने आनन्द के लिए साधन मानती थी। फिर भी उसे अपने इस जीवन में न सन्तोष का अनुभव हो रहा था और न शांति का ही।

जितने समय तक शशिबाला का नृत्य चलता, वह देखती, सबकी आंखें, सबके कान, उस (शशिबाला) से पूर्ण हैं। उसे जान पड़ता कि कोई बड़ी से बड़ी सम्राज्ञी भी इससे बड़ा आधिपत्य नहीं कर सकती। पर जब वह समय रंग-बिरंगे बादल के समान निकल जाता...।

अमरीका के अपने जीवन में शशिबाला को पराकाष्ठा की तड़क-भड़क भी दिखी। इसके पहले उसका जीवन अनेक बार चमकीला रह चुका था, पर उस चमक और इस तड़क-भड़क में अन्तर था। उस चमक में वह कुछ देख सकती थी, पर इस तड़क-भड़क में उसकी दृष्टि ऐसी चकाचौंध हो गई कि उसे कुछ भी न दिखाई देता था।

शशिबाला को केवल एक नज़ारा दिखाई देता था, वह था—उसने अमरीका में जो मनुष्यों के समुद्र को उमड़वा दिया था। पर यह क्या, ज्यों-ज्यों दिन बीतते जाते थे शशिबाला में एक नई तरह की शिथिलता कैसे आती जाती थी ? उसने जनसागर तो उमड़वा दिया, पर उसके हृदय-समुद्र में ज्वार के स्थान पर भाटा क्यों आरंभ हो गया ? बात यह है कि शशिबाला दर्शकों को तो नशे

में झुमा सकती थी, पर खुद नशे में न होने के कारण झूम नहीं सकती थी।

ज्योंही इस जीवन की नवीनता में पुरानापन आने लगा, त्योंही यह नृत्य नित्य की सी चीज़ हो गया। शशिबाला का असन्तोष एवं अशान्ति फिर से बढ़ना आरम्भ हुए। उसे जान पड़ने लगा कि जो नृत्य के इस प्रकार के प्रदर्शनों से अपनी जीविका चलाते हैं, उनकी दूसरी बात है। पर उसके लिए इस तरह की ज़िन्दगी सदा बिताते रहना असम्भव है। उसे एक अनुभव और होने लगा कि जितना अधिक प्रयत्न वह कलात्मक होने का कर रही है, उतना ही अधिक बह जीवन से थकती जा रही है। तो...तो क्या यह कलात्मक होने की कोशिश उस थकावट को दूर करने का साधन-मात्र थी ? अब वह क्या करे, उसके सामने यह समस्या उठी। उसके मन में उठने लगा कि फिर नवीन चीज़ के बिना वह अपने को न तरुणी रख सकेगी और न ज़िन्दा ही। यह नई वस्तु कहां प्राप्त हो ? लड़ाई के कारण वह अब किसी नये देश को जा न सकती थी। छः महीने में भारत तथा छः महीने में अमरीका छान-छानकर उसने पुराने कर डाले थे। साहित्य भी उसने इन दिनों में काफी पढ़ा था। अपनी चित्र तथा नृत्यकला में भी काफी उन्नति की थी। न अब उसका अमरीका में मन लगता था, न साहित्य में, न चित्र बनाने में और न नृत्य करने में। उसे ऐसा जान पड़ा कि उसके सारे के सारे बाह्य अंग वैसे के वैसे रहने पर भी उसके हृदय को लकवा मार गया है। बलशाली शशिबाला लड़खड़ा-सी पड़ी। उसे ऐसा मालूम होने लगा जैसे उसके कन्धों पर बोझ रख दिया गया है, जिसे सारा संसार मिलकर अपनी पूरी ताकत लगाने पर भी नहीं हटा सकता। यह बोझ किसी दुःख, किसी संकट का नहीं था, यह था स्वयं जीवन का। अब वह उस मानसिक अवस्था की ओर बढ़ रही थी जब मानव प्रयत्नों से थककर भाग्य का आश्रय लेता है। पर थकते-थकते भी उसने फिर एक बार सोचा—वह भारत ही लौटकर, वहां के अजायबघरों, वहां की शिल्प-कलात्मक वस्तुओं को डाक्टर कुमारस्वामी की बताई हुई

नई पद्धतियों से क्यों न देखे ? बार-बार हिन्दुस्तान लौटने की बात उसके मन में आने लगी और अचानक एक ऐसी घटना हो गई जिसके कारण उसने फौरन भारत लौटना तय किया। यह घटना थी नृत्यों में कृष्ण का रूप लेने वाले मुरलीधर का उसके प्रति व्यवहार। मुरलीधर के इस व्यवहार के कारण शशिबाला को अमरीका में एक-एक दिन काटना कठिन हो गया ; न कोई विचार ही सुखप्रद रहा और न कोई कृति ही।

मुरलीधर अठारह-उन्नीस वर्ष का एक सुन्दर भारतीय विद्यार्थी था। कृष्ण बनते समय शशिबाला को राधा के रूप में लगातार देखने तथा अपने नृत्य के समय शशिबाला के प्रति प्रेम-प्रदर्शन का मुरलीधर पर धीरे-धीरे ऐसा असर हुआ कि वह शशिबाला से सचमुच ही प्रेम करने लगा। शशिबाला को मुरलीधर के इस प्रेम ने एक नया अनुभव कराया। दो प्रेमी एक-दूसरे को यदि भिन्न-भिन्न ढंग से चाहते हों, और एक-दूसरे के प्रेम का बदला यदि उसी प्रकार के प्रेम द्वारा न दे सकें, तो उनके सम्बन्ध में एक ऐसी कटुता आ जाती है, जो शत्रुओं के बीच की कटुता से भिन्न, किन्तु अधिक कष्टप्रद होती है; और जो प्रेमी परिवर्तन में वैसा ही प्रेम न देने के लिए ज़िम्मेदार होता है, उसकी दशा तो शोचनीय हो जाती है। वैर की अपेक्षा इच्छा के विरुद्ध किया गया प्रेम कहीं अधिक दुःखदायी होता है। अपने और वीरभद्र के सम्बन्ध के समय भी उसने इस बात का कुछ अनुभव किया था, परन्तु जैसा स्पष्ट अनुभव उसे इस समय इसका हुआ वैसा वीरभद्र के सम्बन्ध में भी न हुआ था। इसका कारण था वीरभद्र के और उसके प्रेम के समय जो पात्र प्रेम को उसी रूप में न लौटा सकता था वह था वीरभद्र। इस प्रेम में वह अवस्था थी स्वयं शशिबाला की। अमरीका छोड़ने की बात शशिबाला के मन में बार-बार उठ ही रही थी। इस प्रसंग ने उसके तत्काल उस देश से चल देने के निर्णय में सहायता कर दी।

मुरलीधर को जब यह वृत्त जान पड़ा कि शशिबाला अमुक-अमुक प्लेन

से भारत जा रही है, वह ऐसा विकल हुआ जैसी शायद राधा ही उस समय हुई होंगी, जब कृष्ण ने व्रज छोड़ा था। वहां कृष्ण जा रहे थे राधा को छोड़कर और यहां राधा जा रही थीं कृष्ण को त्याग, इतना ही अन्तर था।

मुरलीधर ने होने वाले इस वियोग-दुःख को जब शशिबाला के सामने नाना प्रकार के काव्यात्मक भावों, अनुभावों और विभावों द्वारा प्रकट किया एवं कहा कि यदि उसे भी वह भारतवर्ष न ले चलीं, तो या तो वह आत्महत्या कर लेगा, अथवा पागल हो जाएगा, तब शशिबाला ने उसे हर तरह समझाने की कोशिश की। इस समझाने में तिरस्कार नहीं था, इसमें थे तर्क और उन्हींके साथ-साथ खेद। शशिबाला ने उसे कहा—रूपक और यथार्थता ये दोनों अलग-अलग वस्तुएं हैं। यदि नाट्य और सत्य का इस तरह पार्थिव सम्मिश्रण कर दिया जाए तब तो एक नहीं, अनेक अनर्थ हो सकते हैं।

अठारह-उन्नीस वर्ष का लड़का बच्चों के सदृश बिलख-बिलखकर रोया और शशिबाला को इस रोने ने और अधिक व्यग्र बना दिया। न वह इस वृत्त को किसीसे कह सकती थी और न मुरलीधर से कोई कठोर व्यवहार ही कर सकती थी। उसकी समझ में न आया कि इस नई समस्या की पूर्ति कैसे हो ?

शशिबाला के अब तक के अनुभवों ने उसे सिद्ध कर दिया था कि हर मनुष्य अपना जीवन अपनी भावनाओं के अनुसार चलाने का प्रयत्न करता है। प्रत्येक मनुष्य अपनी-अपनी रुचि को ही ठीक समझता है, चाहे दूसरे उसे कैसा ही क्यों न समझें, और जब तक उसका जीवन उसकी भावनाओं के अनुसार चलता है तब तक उसे सन्तोष भी रहता है। परन्तु शशिबाला सोचती कि हरएक का जीवन क्या सदा उसकी भावनाओं के अनुसार चलता है और जीवन के आरम्भ से अन्त तक क्या रुचि एक-सी रहती है ? शशिबाला को जान पड़ने लगा कि मनुष्य का एक असन्तोष तो तब होता है जब मनुष्य के सामने जीवन अपनी भावनाओं के अनुसार चलाने में

बाधाएं उपस्थित होती हैं, और दूसरा असन्तोष तब जब उसकी रुचि में ही परिवर्तन हो जाता है। शशिबाला को अनुभव होने लगा कि दूसरी स्थिति का असन्तोष ही सच्चा असन्तोष है। और यदि यह स्थिति ढलती अवस्था में हो तब तो सारा जीवन खण्डहरवत् दिखाई देने लगता है, क्योंकि उस वक्त कोई नई चीज़ आरम्भ करने का मनुष्य को न साहस रहता है और न धैर्य। और इस प्रकार विचार करते-करते शशिबाला को जान पड़ा कि उसके जीवन की एक-एक आकांक्षा, एक-एक अभिलाषा, एक-एक इच्छा पहले तो पृथक्-पृथक् कब्र में दफनाई गईं और फिर वे सारी कब्रें टूट-फूटकर मलबे में मिश्रित हो गईं। जीवन की सारी आकांक्षाओं, सारी अभिलाषाओं, सारी इच्छाओं का यह मलबा देखते-देखते शशिबाला को मृत्यु का स्मरण हो आया। मृत्यु की याद आते ही उसे ललितमोहन की मृत्यु याद आई। चाहे भ्रान्ति को ही ललितमोहन ज्ञान मानता हो, पर वह विश्वासी तो था। विश्वास के अवलम्ब के कारण वह युवावस्था में भी सुख से मर सका था; किन्तु शशिबाला ने देखा कि वह भ्रांति से भी वंचित थी, वरन् उसने जब-जब किसी भ्रांति पर भी विश्वास करने का प्रयत्न किया था तब-तब उसे और ज़ोर की ठोकर लगी थी। ललितमोहन के विश्वास और शशिबाला के विश्वास में अंतर था। ललितमोहन जिस ईश्वर में विश्वास करता था, उसकी परख करने का उसने कभी कोई प्रयत्न नहीं किया; यहां तक कि उसकी प्रार्थनाओं तक में उसने ईश्वर से कभी कुछ न मांगा, बीमारी और मौत की निवृत्ति तक नहीं। शशिबाला जिस दिन मन्दिर गई उसी दिन से उसने याचना आरम्भ की, जिस समय से सूर्यपूजा प्रारम्भ की, उसी दिन से सूर्य को कुछ न कुछ करने के निमित्त कहा। चूंकि ललितमोहन अपने इष्ट से कुछ न चाहता था इसलिए उसके विश्वास रूपी भवन में कभी दरार तक न पड़ी थी और चूंकि शशिबाला की प्रार्थना और पूजा कुछ न कुछ पाने के लिए थी इसीलिए ज्योंही उसे फल की प्राप्ति नहीं हुई, त्योंही उसके विश्वास की इमारत भूकम्प

में गिरने वाली इमारतों के समान अरअराकर गिर पड़ी

शशिबाला यही सब सोचते-सोचते तलमला उठी। अमरीका में रहते हुए भी उसका निवास अब यथार्थ में उस मानसिक भवन में हो गया, जो अतीत के स्मरणों के कारण शीशमहल कहा जा सकता था और ऐसा शीशमहल जिसमें गुम्बजें भी थीं और इन गुम्बजों से सदा एक प्रकार की ध्वनि हुआ करती थी। वह सोचने लगी—'जीवन-प्रभात में प्रखरता का आरम्भ रहता है, जीवन-मध्याह्न तो प्रखर रहता ही है, परन्तु जीवन-संध्या ? जीवन-संध्या में भी क्या मुझे शान्ति न मिलेगी ?' और यह सोचते-सोचते उसने कुछ पुस्तकों को उलटना-पुलटना प्रारम्भ किया। स्टीवन्सन की एक पुस्तक के एक वाक्य पर उसकी दृष्टि जम गई—'स्त्री ही सदा बार-बार नवीन प्रयोग करने के लिए उद्यत रहती है।' शशिबाला ने बार-बार अपने-आपसे इस वाक्य को कहना प्रारम्भ किया—'स्त्री ही सदा बार-बार प्रयत्न करने के लिए तैयार रहती है !' उसे एकाएक महसूस होने लगा कि जीवन-यात्रा शायद ऐसी यात्रा है जिस यात्रा में लौटा नहीं जा सकता, आगे ही जाना होगा, चाहे किसी तरफ भी जाओ, पर आगे, बस आगे। शशिबाला को अमरीका में अब एक-एक क्षण बिताना कठिन हो गया। उसने अब इस तरह चुपचाप भारतवर्ष के लिए रवाना हो जाना तय किया, जिससे उसके विदा होने का हाल किसीको न मालूम हो सके। मुरलीधर की भलाई भी वह अपने अमरीका छोड़ने में ही मानती थी। वह यह चाहती थी कि उसकी रवानगी के समय मुरलीधर का कोई दृश्य न हो, जिसके कारण उसे रुकना तक पड़ा था।

अन्त में एक प्लेन से शशिबाला रवाना हो सकी और बिना किसी को भी पता लगे।

अमरीका छोड़ते समय उसे मन ही मन जितना हर्ष था उतना कदाचित् अमरीका आते वक्त भी नहीं। उठते हुए एरोप्लेन के नीचे लहराते हुए समुद्र को देख बार-बार उसके मन में उठने लगा, जीवन भी घटनाओं का समुद्र है

जहां हर घटना लहर के सदृश उठती और विलुप्त होती हैं।

कुछ देर बाद शशिबाला सोचने लगी—क्या भारत लौटने के कारण उसे यह खुशी हो रही है ? पर इसमें उसे कोई ऐसे हर्ष की बात न जान पड़ी। अमरीका से अब वह ऊब अवश्य गई थी, पर हिन्दुस्तान को वह इसीलिए आ रही थी कि और कहीं जा न सकती थी। भारतवर्ष लौटने के कारण उसे इतना हर्ष न हो सकता था, जितना इस वक्त उसके हृदय में था। तब इस खुशी की क्या वजह थी ? बहुत सोचने पर उसे जान पड़ा कि मुरलीधर से वह किसी तरह अलग हो सकी, यही शायद इस हर्ष का सबसे बड़ा कारण था। मुरलीधर को भी संसार की अन्य वस्तुओं के सदृश अपने आनन्द के लिए एक साधन उससे माना न गया। और मुरलीधर से उसने जैसा बर्ताव किया, उससे मुरलीधर के ही लाभ की सम्भावना थी। उसने देखा कि उसके जाने बिना ही उसकी इस खुशी का कदाचित् यही कारण है।

प्रेम, स्नेह और लालसा तीनों के ही प्रसंग उसके जीवन में इसके पहले आ चुके थे। ललितमोहन से उसने जितना प्रेम किया था और मयंकमोहन से जितना स्नेह, उतना कम पत्नियां अपने पति और कम माताएं अपने पुत्रों से करती हैं। वीरभद्र के प्रति उसके मन में जितनी उत्कट लालसा उत्पन्न हुई थी उतनी भी कम ही होती है और इस लालसा पर तो उसे अब ग्लानि आने लगी थी। ललितमोहन के प्रेम और मयंकमोहन के स्नेह ने उसे चाहे क्लेश दिया हो, परन्तु इस प्रेम और स्नेह के संस्मरण उसके मन में किसी प्रकार की ग्लानि को उत्पन्न न करते थे। लेकिन उस प्रेम तथा स्नेह में और मुरलीधर के प्रति उसका जो स्नेह था, उसमें फर्क था। ललितमोहन के प्रणय और मयंक मोहन के स्नेह में जो तीव्रता थी, वह मुरलीधर के स्नेह में नहीं, पर उस तीव्रता के साथ ही उन दोनों सम्बन्धों में जो ममत्व था, वह भी इसमें न था। ललितमोहन को वह इसलिए चाहती थी कि उससे उसे जो सुख मिलता

था, वह अन्य से असम्भव था। मयंक का निर्माण ही उसने स्वयं के आनन्द के लिए किया था। उन दोनों प्रेम तथा स्नेह की तीव्रता के संग-संग ही उनमें आसक्ति थी। मुरलीधर का स्नेह यदि उस तीव्रता से रहित था तो किसी भी प्रकार की आसक्ति से भी। और इसपर विशेषता यह थी कि उसे मुरलीधर से विलग होने में इसीलिए हर्ष हो रहा था कि इस वियोग से मुरलीधर की ही अधिक भलाई थी।

और जब शशिबाला इस उधेड़बुन में थी तब उसे एकाएक त्रिलोकीनाथ की देहातियों के संग व्यवहार की याद आ गई, उस समय की जब वह कालेज में पढ़ती थी तथा एक दिन त्रिलोकीनाथ के साथ एक गांव गई थी। उस ग्राम के लड़कों, वहां के निवासियों के साथ त्रिलोकीनाथ का उसने कैसा निस्पृह प्रेममय व्यवहार देखा था!

त्रिलोकीनाथ की इन कृतियों को याद करते-करते उसे उस (त्रिलोकीनाथ) के मुख पर सदा रहने वाले सन्तोष का भी स्मरण आ गया। अब वह विचारने लगी—'तो क्या पिताजी का वह कथन कि विश्व में निज का व्यक्तित्व ही सब कुछ है, जो अपने को केन्द्र मान सब कुछ अपने लिए करता है, संसार की समस्त वस्तुओं को अपने आनन्द के लिए साधन मानता है, उसीका जीवन सफल और सुखी होता है, गलत है और क्या त्रिलोकीनाथ का आसक्तिरहित सेवामय जीवन ही सच्चा सुख तथा सन्तोष देता है?'

हिन्दुस्तान पहुंचते-पहुंचते डॉक्टर त्रिलोकीनाथ से मिलकर इस सारे विषय पर बातें करने के लिए उसका चित्त इतना लालायित हो गया कि वह लखनऊ का टिकट कटाकर डॉक्टर त्रिलोकीनाथ के मकान पर जा पहुंची।

28

इन्दुमती और त्रिलोकीनाथ में बात चल रही थी।

त्रिलोकीनाथ ने गम्भीरता से विचारते हुए कहा—"आपके पिता का कथन मैं तो ठीक मानता हूं। सचमुच इस विश्व में निज का व्यक्तित्व ही सब कुछ है और जो अपने को ही केन्द्र मान सब कुछ अपने लिए करता है, संसार की समस्त वस्तुओं को अपने आनन्द के लिए साधन मानता है, उसीका जीवन सफल और सुखी होता है।"

इन्दुमती आश्चर्यभरे स्वर में बोली—"त्रिलोकीनाथजी, मेरे जीवन की सारी घटनाओं का सिंहावलोकन, घर को छोड़ने के बाद भारत-भ्रमण के वृत्तान्तों और अमरीका के हालात सुनने के पश्चात् भी आपकी यह राय है ?"

इन्दुमती की यह आश्चर्य भरी वाणी सुनने के बाद भी शांतभाव से त्रिलोकीनाथ ने कहा—"हां, श्रीमतीजी, मेरा तो यही मत है। आपके जीवन के कई अनुभवों को जानने और शेष को सुनने के बाद भी मेरी राय है कि आपके पिता का कथन ठीक है।" कुछ रुककर त्रिलोकीनाथ फिर बोला। उसके बोलने का ढंग उस नहर के प्रवाह के समान था, जिसका बन्द मुहाना खोल दिया गया हो—"उन्होंने अपने इस कथन की आपके सामने क्या व्याख्या की थी, यह मुझे नहीं मालूम, लेकिन इस कथन पर जिस तरह आप चलीं, उससे मुझे यह अवश्य मालूम हो गया कि या तो उन्होंने ही आपको अपना कथन ठीक तरह समझाया नहीं या उसे आप भली भांति न समझ सकीं। विश्व में निज का व्यक्तित्व तो सब कुछ है ही, क्योंकि बिना निज को जाने कोई भी व्यक्ति विश्व को नहीं जान सकता। और जहां एक बार वह अपने व्यक्तित्व को समझ लेता है, वहां उसमें और विश्व में कोई भेद नहीं रह जाता। संसार की समस्त वस्तुएं अपने-आप उसके आनन्द का साधन बन जाती हैं। क्षमा

कीजिए, यदि मैं कहूं कि आपने अपने व्यक्तित्व को पहचाना ही नहीं, अन्यथा आप न दूसरों को भुनगे के बराबर समझतीं, न समाज तथा उसके नियमों की अवहेलना करने का कष्ट उठातीं और न किसी चीज़ को ठोकर मारतीं। जब दूसरे वही हैं जो आप स्वयं, जब सारा विश्व वही है जो आप खुद, तब अपने को श्रेष्ठ तथा अन्य को हीन समझने का प्रश्न कहां उठता है? अहम्मन्यता के वशीभूत हो जो आचरण अपने किया वह हो कैसे सकता है ?"

"आप शायद मुझे वेदान्त की ओर ले जा रहे हैं और आत्मा तथा परमात्मा के चक्कर में डालना चाहते हैं।"

"हां, कुछ लोग इस ज्ञान को आत्मा तथा परमात्मा का ज्ञान भी कहते हैं।"

कुछ उतावलेपन से इन्दुमती ने कहा—"पर, डॉक्टर, मुझे ईश्वर, आत्मा और वेदान्त में थोड़ा भी विश्वास नहीं। इसके भी मैं कई तजुर्बे कर चुकी हूं।"

"आपको विज्ञान और उसके परमाणुओं सारे भौतिक पदार्थ पर तो विश्वास है ?" अत्यन्त धैर्य-भरे स्वर में त्रिलोकीनाथ ने कहा।

"यह तो विश्वास का सवाल नहीं है, यन्त्रों से सिद्ध मामला हैं।"

कुछ मुस्कराते हुए डॉक्टर बोला—"मैं तो वैज्ञानिक ही हूं और मैं आपको यह कह सकता हूं कि यन्त्रों से अभी सब कुछ सिद्ध नहीं हुआ है। सर ओलिवर लॉज और लार्ड कैलविन जैसे वैज्ञानिक भी ईश्वर और आत्मा का अस्तित्व मानते हैं। फिर अदृश्य के विश्वास का मज़ाक उड़ाना भी निरर्थक है, क्योंकि सभीको किसी न किसी तरह के अदृश्य पर विश्वास करना ही पड़ता है। लेकिन हमारी बहस इस समय, यन्त्रों से जो सिद्ध हुआ है, वहीं तक रहे, तो भी मेरा काम चल जाता है। आप ईश्वर और आत्मा को मान, यह में नहीं कहता। आप यदि 'परमाणु' और उनसे बने हुए भौतिक पदार्थों को मानती हैं, तो भी आप आपसे-आप उसी जगह

पहुंचती हैं, जहां वह वेदान्ती पहुंचता है, जो सारे विश्व में ईश्वर और आत्मा को मानता है।"

"कैसे ?" कुछ कौतूहल से इन्दुमती ने पूछा।

"ऐसे कि जिस तरह वेदान्ती के लिए हर वस्तु, सारा विश्व ईश्वरमय, आत्मामय है, उसी प्रकार वैज्ञानिक के लिए सारे भौतिक पदार्थ परमाणुमय। यदि सच्चा वेदान्ती अपने में और अन्य वस्तुओं में कोई भेद नहीं समझता, तो सच्चा वैज्ञानिक कोई भेद कैसे समझ सकता है ? दर्शन और विज्ञान जीवन के दो ही सच्चे आधार हैं, जो दृश्य नहीं उसे दर्शन और जो दृश्य है उसे विज्ञान द्वारा जाना जाता है। दोनों का अंतिम निष्कर्ष अभेद ही है।"

थोड़े समय के बाद त्रिलोकीनाथ ने फिर कहा—"कहिए, मानती हैं या नहीं ?"

विचारते-विचारते इन्दुमती बोली—"तर्क में शायद मान लूं, पर ऐसा अनुभव नहीं होता !"

"ठीक...अब आप ठीक जगह आ गईं"...कुछ प्रसन्नता से डॉक्टर ने कहा और कुछ ठहरकर वह फिर बोला—"अब यह बताइए कि जिस व्यक्ति को इस अभेद का अनुभव होने लगे, वह व्यक्ति तो अन्यों को भुनगा मान, समाज की हर बात की अवहेलना करने का कष्ट उठा, हर वस्तु को ठोकर मारकर सारे आचरण तो न करेगा न ? उसके लिए जब अपने और विश्व के बीच कोई भेद न रह जाएगा, तब वह तो भिन्न-भिन्न दिखने वाली चीज़ों से उसी प्रकार का बर्ताव करेगा न, जैसा वह अपने से करता है। और ज्ञान के बाद अज्ञानी क्या करते हैं, उस ओर भी उसकी दृष्टि न जाएगी, अतः संसार की समस्त वस्तुएं आपसे-आप उसके सुख का साधन हो जाएंगी। अपने को सबमें और सबको अपने में अनुभव करने के पश्चात् अहम्मन्यता रह ही नहीं जाती, जो सारे दुःखों की जड़ है।"

त्रिलोकीनाथ फिर चुप होकर इन्दुमती की ओर देखने लगा। इन्दुमती चुपचाप विचार कर रही थी। कुछ देर पश्चात् इन्दुमती बोली :

"लेकिन, त्रिलोकीनाथजी, यह अनुभव होना कठिन...अत्यन्त कठिन है।"

"असम्भव तो नहीं न ?"

सोचते हुए इन्दुमती ने कहा—"असम्भव तो मैं कोई बात मानती ही नहीं।" वह फिर से रुक गई और ठहरकर बोली—"पर, डॉक्टर साहब, यह अनुभव विश्व में कितने व्यक्तियों को हुआ है ?"

"बहुत कम को, इसीलिए तो दुनिया में इतने दुखी दिख पड़ते हैं और सुखी विरले ही।"

"डॉक्टर, आपको यह अनुभव हुआ है ? आप अपने में और विश्व में कोई भेद नहीं समझते ?"

धीरे-धीरे त्रिलोकीनाथ ने कहा—"मुझे यह अनुभव दूसरी प्रकार से हुआ है, श्रीमतीजी।"

"कैसे ?"

"मैं अब आपमें और विश्व की अन्य वस्तुओं तथा अपने में कोई भेद नहीं समझता।"

इन्दुमती ने इस तरह कहा, जैसे उसकी कुछ समझ में न आया हो—"अर्थात् ?"

"मेरे साथ कष्ट कर एक दूसरे कमरे में पधारिए।"

त्रिलोकीनाथ इन्दुमती को एक छोटे-से कमरे में ले गया। इन्दुमती ने देखा कि वह कमरा उस (इन्दुमती) की तस्वीरों से भरा हुआ है। भावनाओं से विहीन दिखने वाले त्रिलोकीनाथ का यह कमरा अपनी तस्वीरों से भरा देख इन्दुमती आश्चर्य से स्तम्भित-सी रह गई। त्रिलोकीनाथ शनैः-शनैः कहने लगा :

"मैं विज्ञान के साथ दर्शन भी बड़े चाव से पढ़ता था। मैंने धीरे-धीरे जीवन को ऐसे मार्ग में चलाया, जिससे मुझे अपने और अन्यों में कोई भेद महसूस

न हो। पर उसी समय आप मेरे जीवन में आ गईं। न जाने कैसे आपमें मेरी आसक्ति बढ़ चली। मुझे जान पड़ा जैसे मैं अपने पथ से भ्रष्ट हो रहा हूं। मैंने बहुतेरे प्रयत्न किए कि आपकी तरफ से मैं अपना चित्त हटाऊं, पर हर तरह की कोशिशों के करने पर भी वह आपकी ओर से डिगता ही न था। आपके विवाह के उपरान्त भी न हटा, आपके वैधव्य के बाद भी नहीं और आपके गर्भाधान के पश्चात् भी नहीं। मेरे मन में बार-बार उठने लगा—'मनुष्य में देवत्व के साथ कितना पशुत्व है ? यदि मनुष्य अपने ही पशु पर सवार हो सके।' परन्तु यह कठिन, महान कठिन समस्या थी। अब मैंने दूसरा प्रयत्न प्रारम्भ किया—समस्त विश्व में आपका दर्शन। इस प्रयत्न में मैंने अनुभव किया कि यदि वासनाओं को रोककर दूसरी दिशा में मोड़ दिया जाए, तो वे वासनाएं न रहकर साधनाएं बन जाती हैं। समस्त विश्व में आपके निरीक्षण का यह प्रयत्न इन चित्रों से शुरू हुआ और आज मैं संसार की समस्त वस्तुओं में आपका निरीक्षण कर पाता हूं। मुझे अब आपमें, विश्व की भिन्न-भिन्न दिखने वाली चीज़ों में, और अपने में किसी भेद का अनुभव नहीं होता। अपने इस प्रयास के पश्चात् मेरी समझ में आया कि मनुष्य को आसक्ति-रहित सुख तभी प्राप्त हो सकता है जब या तो वह अपने को सबमें और सबको अपने में देखने में सफल हो जाए, या जिस व्यक्ति से यह प्रेम करता है, उसको सबमें और सबका तथा अपना उसमें निरीक्षण कर सके।" अपना यह कथन समाप्त करते-करते त्रिलोकीनाथ का चेहरा कुछ ऐसा हो गया जैसे उसपर उसका भूत, वर्तमान और भविष्य तीनों लिखे हुए हों।

कुछ ठहरकर त्रिलोकीनाथ ने फिर कहा—"मनुष्य को सच्चा सुख लेने में नहीं, देने में मिलता है। चाहे सामाजिक रचना पूंजीवाद, समाजवाद, साम्यवाद किसी भी वाद के अनुसार क्यों न रहे, या क्यों न हो जाए, मनुष्य को सच्चा सुख देने में ही मिलेगा। आपने सदा लेना चाहा, देना नहीं, और यदि कुछ दिया भी तो लेने के लिए। बिना लिए

या लेने की इच्छा के जो दिया जाता है, उसीसे सच्चा सुख प्राप्त होता है, पर यह किसी भी समाज-रचना में बिना एकत्व की भावना के सदा होते रहना असम्भव है। बिना इस एकता के अनुभव के व्यक्तिगत जीवन की गाड़ी को सामाजिक जीवन की पटरी पर सफलतापूर्वक चलाया ही नहीं जा सकता। जिस संसार को अपना बनाने की चेष्टा दु:ख का कारण होती है, अपने को उसी संसार का बना देने पर सुख मिलने लगता है, और यह होता है अभेद से। इस अभेद के अनुभव के बाद एक दिन और दूसरे दिन में, एक स्थान और दूसरे स्थान में भी कोई अन्तर महसूस नहीं होता; भूत की याद तथा भविष्य की चिन्ता भी नहीं होती; मनुष्य वर्तमान में ही रहता है, और चूंकि कर्म के बिना मनुष्य क्षणमात्र भी नहीं रह सकता, इसलिए उसके द्वारा सारी सृष्टि के हित के लिए वैसे ही कर्म होते हैं जैसे अपने व्यक्तित्व के लिए।"

कुछ ठहरकर त्रिलोकीनाथ फिर बोला—"आप जीवनभर जिज्ञासु रही हैं और अभी भी आपमें जिज्ञासा मौजूद है। इस सृष्टि में सर्वश्रेष्ठ मानव है और मानवों में सर्वश्रेष्ठ जिज्ञासु, क्योंकि सारे विकास जिज्ञासु पर अवलम्बित हैं। आपने चाहे कुछ भी क्यों न खोया हो, पर अभी भी सुख की आशा को नहीं खोया है। लगन के बिना क्या किया जा सकता है ? अभेद का अनुभव कर सच्चे सुख प्राप्त करने के लिए किसी कार्य करने का विचार कर उसमें लग जाइए।"

इन्दुमती सोच रही थी और फिर-फिर कर सोच रही थी। उसे जान पड़ रहा—एक जीवन होने पर भी मेरा जीवन उस पुस्तक के समान है, जिसमें कई भाग और उपभाग रहते हैं।

29

लखनऊ के निकट के उसी गांव में, जहां एक बार त्रिलोकीनाथ के साथ

इन्दुमती गई थी, एक 'मातृगृह' बनाया गया था। यह मातृगृह बना था इन्दुमती के पास जो सम्पत्ति थी, इन्दुमती द्वारा ही उस समस्त सम्पत्ति के दान से। देहातियों के बच्चों के पालन-पोषण में, उन बच्चों के पैखाने एवं पेशाब साफ करने में भी उसे अब कोई ग्लानि न आती थी। धीरे-धीरे ये सारे बच्चे उसे मयंक के समान जान पड़ने लगे थे और इतने पर भी उसे इनमें कोई आसक्ति न थी, जो उसकी शान्त मुद्रा से तब ज्ञात होता था, जब इनमें से किसी बच्चे का निधन हो जाता था।

इस मातृगृह में काम करने के सिवा इन्दुमती ने इस गांव को आदर्श गांव बना दिया था, जिसका असर अन्य गावों में भी पड़ा था।

इस प्रकार मातृगृह में इन्दुमती व्यक्तिगत रूप से और गांवों के हर कार्य में सामूहिक रूप से सेवा-कार्य में दत्तचित्त थी।

उसे यह जान पड़ता कि जीवन में कुछ बातों को रोकना वैसा ही असम्भव है जैसा प्राकृतिक तूफानों को। उसके मन में यह प्रश्न भी उठा करता कि ज्ञान से प्रकाश तो अवश्य मिलता है, पर क्या सन्तोष भी प्राप्त होता है ? साथ ही उसे यह भी जान पड़ता कि अब तक के उपार्जित ज्ञान द्वारा विश्व की अन्तिम थाह असम्भव है और यह भी नहीं कहा जा सकता कि ज्ञान द्वारा कभी भी यह थाह मिल सकेगी या नहीं ? कभी-कभी वह यह भी सोचती कि जीवन में क्या सारे प्रश्नों के उत्तर मिलना सम्भव है ?

कभी-कभी अभी भी वह अपने भूत जीवन का वर्तमान जीवन के साथ मिलान करती थी। पिता के दिए हुए उपदेश में पिता का क्या अर्थ था, उसने उसका क्या अर्थ माना था और त्रिलोकीनाथ ने उसका क्या अर्थ समझाया था, इसे भी सोचती थी। पिता के कथन में पिता का जो अर्थ भी रहा हो, उसने उसका जो अर्थ भी माना हो, पर अब इन्दुमती को इसमें सन्देह न रह गया था कि उस उपदेश का जो अर्थ त्रिलोकीनाथ ने उसे समझाया था, वही ठीक था। उसके इस विश्वास का सबसे बड़ा सुबूत उसका वर्तमान जीवन था,

जिससे उसे पूर्ण सन्तोष तथा शान्ति मिल रही थी और अनुभव हो रहा था कि अपने-आपसे सन्तुष्ट होना ही दुनिया में सबसे बड़ा सुख है।

अब उसे धीरे-धीरे आपसे-आप यह भरोसा भी हो चला था कि जब उसकी यह जीवन मंज़िल समाप्त होगी, तब भी उसके वर्तमान सन्तोष और शान्ति को कायम रखने में उसके पिता के कथन का त्रिलोकीनाथ द्वारा बताया हुआ अर्थ उसे पूर्ण सहायता दे सकेगा और वह मन ही मन बार-बार कहती थी—'ठीक तो हैं—विश्व में निज का व्यक्तित्व ही सब कुछ है।'

○ ○ ○